Manabu Okamoto

our age

Kodansha

アウア・エイジ

（our age）

装幀　川名潤

1

「映写機の葬式をあげるから、ぜひ来ないか」

四十を過ぎ、生き飽きた気分になっていた私に、そんな文句を含んだ封書が届いた。

送付は大学の事務室宛になっている。開けると、絵葉書が収められていた。表は古いフランス映画のワンシーンで、ピンク色のペンキを塗りながら男女が抱き合っている。裏返すと、印刷された文字で、何日何時からお別れ会を実施、とあって、その脇に手書きでその文句が添えてあった。送り主は懐かしい名前で、専属の映写技師だった。

封を開ける際に、別な何かが床にこぼれ落ちた。拾い上げてみると、映画フィルムの一部だった。電灯に透かすと、床に寝そべった男と、上から覗き込むように立つ男とが互いに銃を向け合っている。題名は忘れてしまったが、ネクタイをしめたギャングばかりが出てくる奇妙な映画だった記憶がある。破損した捨てフィルムから、一コマだけ切り取ったものを送ってくれたのだろう。

映画館が閉鎖になるわけではなさそうだった。ネット検索してみると、数少ない名画座として残存している。ただ映写技術の移り変わりには、対抗できなかったのだろう。私が勤めていたころからすでに映写機は骨董品扱いで、修繕人はいつも大声で社長と喧嘩していた。暗い階段下でひとり、長い釘を金槌で打ちつけて曲げているから何をしているのかと尋ねたら、部品に代わるものを一から作るのだと大声で叫ぶように言った。いつも場違いに大きな声を出す人だった。映写機の音に負けないようにしているうちにそんな癖がついたと言っていた。

手紙を机の上に散らかしたまま、背もたれに身体をまかせて、しばし呆然としていると、頭に古い記憶が無抵抗に流れ始めた。

私は死に至る映写機の、ゴトゴトと荒れ道を走るような音を知っていた。それが鎮座する、裸電球だけが灯った、やわらかなオレンジ色に満ちた薄暗い小部屋を覚えていた。そしてかなりの気恥ずかしさや痛々しさを覚悟すれば、一時期そこにくすぶるように埋もれていた自分を確認することができた。あれから二十年が経っていた。

古い映画は古典と呼ばれるようになり、知る人ぞ知る多くの名画も、残念ながら埋もれてしまった。映写機は死に絶え、小屋だけが残った。修繕人も含め、あそこにいた昭和の人間はみなどこか遠くへ消え去ったに違いない。私自身、映画とは疎遠で、劇場に足を向けることも絶えて無かった。

あの頃から考えれば冗談かと思うほど、すでに歳を取っていた。平凡なサラリーマンとして十年を過ごし、逃げだすように幾度か職を変え、今は郊外の小さな大学の教員におさまっていた。手紙を送ってきた映写技師は、大学のホームページで私の名前を偶然見つけたに違いない。

私は絵葉書をもてあました。この一通の手紙は、私を懐古的に楽しませてくれた一方で、何かもの足らない気分を存分に残した。ひたり切るには、芯になるものが欠けている。

——殺されるような女。そして、殺された女。

それは、覚えている。ただその周辺の、何かを忘れている。思い出せない。

私は彼女をミスミと呼んでいた。「なんていうかな、殺されそうな女じゃないか」かつてのバイト仲間がミスミを評して、不吉な予言をした。数年後、ミスミは本当に交際相手に絞殺されてしまった。あれから十五年は経つ。「まあ確かに殺されそうな女ではあったよ」

登場人物がすべて去った後のエンドロール、それだけを見に行くような徒労にも思えたが、中年の空虚で刺激に欠けた毎日である。離婚して、妻子と会うことなく数年が経過していた。早々に役を降りてしまって、ただひとり生存を続ける意義も見出せず、毎日を惰性で生きているようなていたらくだった。

私は予定にしるしをつけた。絵葉書とフィルムは大切に机の引き出しにしまい込んだ。

2

映写技師のアルバイトをしていた。二十三歳だった。大学を卒業し、大学院に上がっていた。

ひどく孤独な時期でもあった。文系が主となる大学で、理系だった自分が修士課程に残った一方、サークル仲間はみな就職してキャンパスを去っていた。社会人となった同期は、新しい出会いや経験に夢中で、誰も私に時間を割くことはなかった。

当時、恋人などいなかった。恋人どころか、女子と口を利くことさえなかった。さらにいえば、そもそも他人と口を利く機会が極端に少ない時期だった。大学院は講義数が少なく、出なくてもかまわない授業も多い。今日一日誰ともしゃべらなかった、そんな日が平然と連続していた。専攻は理論数学で、実験があるわけでもレポート課題があるわけでもなく、ただ月一回まわってくる論文輪読の自分の番を準備すれば、すべてが済んだ。

余った時間を、アルバイトにあてようと考えたのは自然だった。偶然に、アルバイト情報誌で映画館の仕事を見つけた。見落とすほどに小さな記事だった。時給が六百円と極端に安く交通費も出なかったが、仕事なんて窓口で切符を切るくらいで楽だろうと考え、映画に興味はないものの、迷わず応募した。

面接に行くと、一般客と同様に正面の入口から入り、ロビーに案内された。ロビーと言っても、すれ違える程度の通路の脇に真黒な革の古いソファが置いてあるだけで、そこに座らされてあれこれ聞かれた。面接相手は映画館の社長だった。白髪でがっちりとした体型の、いかにも昭和初期にすべての部品ができあがった感じの人で、分厚い唇をしていた。立ったまま、座った私を面談した。質問は至極簡単だった。どこの大学に行っているのかを聞かれ、煙草を吸うかどうかを聞かれた。私は吸わないと答えたが、社長自身は煙草を吸いながら面談をした。質問はたったこれだけ、三十秒で終わった。

あとでわかったことだが、バイトの採用の基準は簡単で、ある程度名の知れた大学の学生であることと、煙草を吸わないことの二点だけだった。大学の方は、社長自身が東工大の出身で、せいぜい自分並の人間を採りたいという基準であり、理科系の学生が優先された。煙草については、社長自身が、

「煙草はな、この仕事では絶対ナシなんだ。映写技師に煙草は厳禁なんだよ。フィルムは燃えやすいから、まずいんだ。火気厳禁ってやつでさ。おれ自身は吸うんだけどね」

と、これまた煙草を吸いながら後日語ってくれた。まだ煙草を吸わない人間が珍しい時代で、私はそれだけの理由で採用された。最終的には数十倍もの倍率があったらしい。

仕事は昼と夜の二部構成になっていて、昼を選んだのは私だけだった。朝に来て夕方帰るというシフトが週三日組まれた。朝は映画の上映時間に合わせるから、出勤時間は作品によってその都度変わった。

バイトの業務は、女性は窓口、男性は映写技師と明確に分けられていた。一週間で映画のかけかたを覚えて、あとは全部ひとりで上映するのだと聞かされ、私は絶句した。不器用な自分には無理だと、かなりの後悔をした。

映画館には、海原《うみはら》さんという専任の映写技師がひとりいた。背が低く、やたら目の細い、年齢不詳な中年男性で、いつもとても小さな長方形の革の鞄を手にしてやってきた。

「あの鞄を開けるとさ、ヤクルトが入っているんだぜ」

そうバイト仲間が揶揄《やゆ》しているのを聞いたことがあって、もちろん悪い冗談ではあるのだが、それほどに小さな角張った鞄だった。実際に何が入っているのかは、最後まで見ることなく終わってしまった。

私は海原さんから、映写のイロハを教わった。いつなんどきも無口な人だったが、私も寡黙なたちだったので困ることはなかった。対面していても映画一本分、お互い一切口を利かないこともあった。

私が映写室に入って一番驚いたのは、映画というシステム自体の古さだった。当然ながら、映画の基本はフィルムだった。フィルムに後ろから強力な光線をあてつつカラカラ回すことでスクリーンに映す。幻燈の仕組みと、まったく変わらないことにあらためて気付かされた。

映写室に入ると、映写機が二台あった。一本の映画を二台の映写機で映すことも、この時初めて知った。映画のフィルム束はかなりの大きさだが、フィルムは一秒間に二十四コマ必要だから、大きなリールでも二十分しかもたない。つまり百二十分の映画であれば、フィルム束は六本必要になる。それらを途切れることなく、一本終わったら次の一本へ、リレーさせていく。そのために映写機を二台用意して、一台目で一本目の束を映写しておいて、もうあと少しで終わるというときに、二台目を動かし始める。二台目はカラカラとフィルムをまわし始めるが、レンズ前のシャッターが閉じてあって、まだ外に光は出さない。一台目のフィルムが切れる直前に、ガタンと大きな音をともなって映写切り替えが行われ、一台目のレンズが閉じられるのと同時に二台目のレンズが開き、観客には切れ目なく映像を見せ続けることができる。このタイミングに合わせて、映像にこっそり合図の記号が入れてあることも初めて覚えた。今でも私は古い映画を見るとき、時々画面の右上あたりに黒い丸が出てくるのを気にする癖が抜けない。黒い丸は一度出ると、すぐあとに二度目が出る。これらワンセットが、だいたい二十分おきに出る仕組みになっていた。

自動連動切り替えの仕組みもまた、心配になるくらい簡単だった。起動の合図として、フィルムにアルミ箔を巻いて、電気を通すようにしてあった。アルミ箔が通過するとその瞬間に電気が通り、一度目の電気反応で二台目を動かし始め、二度目の電気反応で切り替えが行われる仕組みだった。映写技師はこのアルミ箔が取れないように注意する必要があった。もし取れてしまった場合には台所で使う普通のアルミホイルをフィルムに巻いて修復した。

映写技師なんて、一度フィルムをかけてしまえばおしまいだと思っていた自分は浅はかだった。映写技師はせわしない作業の連続なのだ。上映が終わったフィルムは取り出して巻き戻し機にかけ、その間に三本目を持ってくる。ここでフィルムの順番を間違えると話が急に飛んだ映画になってしまうから、細心の注意が必要だった。フィルムはブリキ製の底の浅い缶を上下に対に重ねたケースに入っていて、表には乱暴に数字で番号が書いてあるだけだった。蓋を開けると、フィルムはむき出しの状態であって、外観だけではそれが何巻目かわからなかった。

「フィルムがむき出し」と言うのはトイレットペーパーと同じで、芯だけがあってそれにぐるぐるとフィルムが巻いてある状態でしかない。当然、斜めに傾けただけで、フィルムは簡単にバラけてしまう。それを元通りにするだけで一日仕事だから、万が一ひっくり返したら、その日の上映はすべて中止になると脅された。だから映写技師の訓練の第一はフィルム束の持ち運びだった。

フィルム束を傾けては絶対にいけない。持つときは、まず蓋をあてがったまま、芯に指を入れ、まっすぐタイヤのように立たせる。完全に縦になるのを確認して添えた蓋を取ったら、フィルムは重量が結構あるから、それを十分にいかして重みが真下にかかるようにすれば、歩いても大丈夫だった。私自身は、一度も床に落としたことはなかった。危ないことは何度かあった。

フィルム束を、映写機の上部のリールにセットしてしまえば、ひと安心だ。リールをカラカラと手で回してフィルムを引き出し、映写機の中の決められたルートを通していった。ルートにはギザギザが付いた歯車が並び、フィルム横に並んで開いている穴に嚙ませた。窓と呼ばれる光を通過させる部分の前だけは、フィルムをわざとたるませて、少し遊びを作るように調整した。遊ばせ具合は感覚で覚えるしかなかった。

最後に足元にある巻き取りリールにフィルムの端をはさめば完了だった。

初めからいきなり自分ひとりでかけてみて、映写技師の海原さんに見てもらう実践で学ばされた。海原さんはいつも静かにうなずくばかりで、つまらない注意はしなかった。だが自分でも不安を感じていると「遊びが大きいよ」と適確に指摘された。一週間ほどで、注意を受けずにかけられるようになった。

映写技師の仕事はそれだけではなかった。朝は、現在上映している映画の看板を出すことから仕事が始まった。看板はペンキ屋が手書きで描いたタイトル文字だけが並ぶ絵のない簡素なもので、外壁に突き出た釘にひっかけて掲示した。次に外周りと館内を掃除し、終わったら場内に音楽をかけた。かける音楽はその映画に合った楽曲で、その選び方には妙な説得力があった。古いフランス映画なのに、館内の曲はローリング・ストーンズであったりしたが、映画を見てから音楽を聴くと、その適合具合にひどく感心した。

次に、映写機のレンズを変更する仕事があった。作品ごとに使うレンズが違うことなど知らなかった。レンズにはスタンダード、ビスタ、シネマスコープの三種類があった。レンズの交換を間違えると上映は中止になるので、これもまた神経をとがらせた。ほとんどの映画はビスタだったが、ほんの時々シネマスコープのものがあると、特に理由もないのに妙にうれしかった。

上映時間になると館内にブザーを鳴らし、音楽を止めて、場内の明かりを消し、ボタンを押して電気制御で幕を開けた。この幕の開け方も使うレンズによって変わり、横に開く幅が異なっていた。シネマスコープであれば、幕が目一杯広がるのが爽快だった。だから私はシネスコが好きだった。

映写を始めたら、その日の初めの映写に限っては客席に下りて映写具合や音声を確かめてみるのが規則だった。午前の一回目は、客席はたいていガラガラだった。場内から、ついさっきまで自分がいた映写室を見上げると、そこから太い光がスクリーンに伸びていた。その根元に映写室の小さな窓があって、あそこに自分はいつもいるんだなと思うと、他人事のような気分になった。

研修最終日には、すべて自分だけで仕事をし、海原さんは見守っているだけの、検定試験のようなものがあった。特に注意も受けず、かといって褒められもせず、次の週からひとりで仕事をすることを許された。特にうれしくはなかった。

「まあ、なんとかがんばってよ。何かあったら緊急の連絡先に電話すればいいから」

海原さんはボソボソとそれだけ言って、最後の共同勤務を終えた。携帯電話などまだない時代で、都内の電話番号が、ふたつばかり壁に貼ってあった。

海原さんと二人で仕事をしたのは、結局はこの研修期間だけだった。無口な海原さんだけに、何か話したという記憶はほぼなかった。いつも二人で黙ったまま、映写機からもれ出た光が床でちらちら踊っているのを、首を傾げながら眺めて時間を過ごした。

ただひとつ、今でも覚えていることがあって、ある日突然に海原さんが、

「太宰治って知っているか？」

と訊いたことがあった。私は、

「ええ、もちろん名前は知っています」

と答えた。だが実際には代表作すら読んだことのない不勉強な人間だった。

「前にさあ、太宰の子孫だってやつがバイトに来たんだよ。困ったよ」

海原さんはただでさえ細い目をさらに細めて、つぶやくように言った。

「すぐやめちゃったけどさ。太宰の子孫って言い張ってさあ。たぶん、嘘なんだろうけどさ。何か書いている、とか言ってたけどさ。本当、もうすぐ自殺します、みたいな顔をした暗いやつだったよ。うん。そんなバイトがいたんだよ。参ったよなあ。本当に困った」

私もその人が本当に太宰の子孫かどうかは、非常に疑問だと思った。ただ海原さんが、渋い顔をしながら「困ったもんだよなあ」と、繰り返し苦々しく話をしているのがおかしかった。実際何が困ったのかわからないところが、海原さんらしかった。

それをきっかけに、私は太宰を読むようになった。とうとう全集にも手を出し、青

森の生家を訪ねるほどになるとは、このときは思いもしなかった。

3

すべてが二十年ぶりだった。やさしい初夏の光さえ、古めかしい気がした。

私は当時と同じルートをたどって映画館に向かった。当時は、交通費が出ないので、私は大学がある地下鉄の駅まで通学定期で行き、そこから二駅分を毎回歩いていた。だらだらとした下り坂が続き、最後に見下ろすような神楽坂《かぐらざか》の急勾配があった。かつては飄々《ひょうひょう》と歩いていたはずの同じ道を、私はうなりながら歩いた。一駅分歩いたところで、まだ半分かと息をついた。歩き切った後には、汗でシャツの色が変わっていた。

映画館の外観に、変わりはなかった。手書き文字で描かれた看板も昔の通りだった。「工事につき休館中」と雑に書かれた紙がシャッターに貼ってあり、私は腰をかがめ、半分だけ開けられたその下をくぐった。内部は明るく照明がつき、にぎやかだった。入ってすぐ左手に受付があり、そのまままっすぐ進めば場内だった。記憶通りの構造で、正面脇の壁に埋め込まれた小さな隠し扉が映写室への入口だった。今日は開け放たれていて、奥からオレンジ色の光がもれていた。

私は受付で招待状を兼ねた絵葉書を見せた。現役のアルバイトなのか、若い女性が応対してくれて、リストにチェックをつけた。女性は手のひらを差し向けて、あちらで飲み物を、と案内してくれた。館内の入口脇には今日だけ机が出されてビールやら缶チューハイやらを冷水に沈めたクーラーボックスが置かれていた。その横にはワインも栓を開けられて赤白並べてあった。私はビールの小瓶を取ってすぐに口をつけて飲んだ。長い坂をくだってきて、喉が渇いていた。私は一本その場で立ったまま飲んでしまって、すぐ次の瓶を手に取った。

自分より十は若い人ばかりだった。見知らぬ顔しかおらず、身体をひねってよけて歩くほど、多くの人が立ったまま酒を飲んで談笑していた。劇場の中では新入社員らしく似合わないスーツを着た若者が、座席の背もたれの部分に腰掛けて大声で話していた。「ビールなんて飲んだら気づかれるかな。営業中抜け出してきたんだけど。一本くらい大丈夫かな」

私は手持ち無沙汰に、瓶をぶらさげるように手にしたまま、背伸びする形で左右を見渡しつつ、ぶらりと一周した。多少でも記憶のある顔を求めたが発見できなかった。館内の壁のあちこちには、かつてここで上映した映画の写真やらチラシやらが、この日だけ特別に並べて貼られていた。やるせなく、私は端から一枚一枚眺めた。知らないものがほとんどだったが、私がいた当時に上映したものもいくつかあった。その一枚に、鉄塔の頂上に座ったひとりの太った女が空に手を伸ばしているものがあって、私の記憶にも残っていた。「バグダッド・カフェ」という映画だった。今になってよくみると、太った女は高い鉄梯子のてっぺんに座っていて、脇にある大きな給水塔をブラシで掃除しているシーンだった。それを見て、私の脳の中に、とらえどころのない、かゆみのようなもどかしさが残った。またもや何かを思い出しかかっているが、その核を思い出せない苛立ちだった。

映写室にあがった。海原さんくらいはいるものだろうと踏んでいたが、席をはずしているのか顔を見なかった。この暗く狭い部屋でも、若い人たちが缶を手に酒を飲みながら談笑していた。手を打ったり、時折どっと沸いたりしてにぎやかだった。

映写機はそこにいる全員の親分のように、じっと昔通りの位置にあった。私は仏像でも見るような敬虔さで対面した。裸電球、すすけたような天井、むき出しのコンクリート、貼られたレンズ交換の注意書きまで当時のままだった。セロハンテープの端がすっかり黄色に変色していた。

壁には様々な掲示物が貼られていて、多くは最近上映された映画のチラシだった。手持ち無沙汰で、それを眺めることで格好をつけていた。

その一番端、新しいものに交じって、思いがけないものを見つけた。それこそが、私が取り落としていた芯にあたるものだとひらめいた。私は息を飲んだ。

それは映画とも、映画館とも、なんのかかわりのない一枚の古い写真だった。誰にも由来がわからず敬遠されることで、奇跡的に残存していたのだろう。まさかの邂逅だった。

私は人をかきわけて、その前に出た。壁に手をつくようにして、じっくりと写真を目に収めた。写真そのものに穴を開けないよう、貼ったセロハンテープを画鋲《がびょう》で打って壁に固定してあった。ミスミがそうやって貼ったのだ。私は周囲を見回し、誰もこちらに注意を払わず話に夢中なのをみて、さらに写真にかがみこむような姿勢で対面した。

そうだ、これだ。私が苛立つほどに焦燥した欠落のピースは、まさにこれに違いなかった。

塔、だ。

殺されそうな女ミスミ、殺された女ミスミと、共に探した塔だ。そして、見つからなかった塔だ。忘れていたわけではない。埋もれていたのだ。

それはただの塔の写真だった。人物はひとりも写っていない。地面すら含まれておらず、鉄塔だけを下から見上げるように撮影した味気ない写真だった。夕暮れ時なのか、空気が多少赤みを帯びている気配がするところまで、私は覚えていた。そうだ、確かにこれなのだ。写真の余白には手書きの、ほんのかすかに読み取れる文字で

「our age」と書いてある。記憶に、残っている。ミスミの母親の筆跡という話だった。

固く閉じていた鍵が、重たい音を伴って開錠した気がした。私の中にふたたびミスミが解放されたのだ。途端に落ち着かない気分になって、私は飲み物を取りに戻ったり、無駄に階下に下りてみたり、スクリーンの前まで行ってみたりした。結局、心のざわめきを収めるには、この混沌とした空間では難しいと結論づけた。

来た証拠として知る顔に声をかけて帰ろうと、改めて場内を一通り巡ったが無駄骨に終わった。聞こえてきた話だが、海原さんは足を悪くしていて遅い時間に顔を出すようだった。リストを見れば私が来たことは伝わるだろう。とにかく早くひとりになって、強い酒でも飲んで、このモヤモヤした感情を冷ましたいと考えた。沈めればじゅうと音を立てそうなほど、感情が熱をもっていた。

帰る前、ふたたび映写室に立ち寄った。映写機はあいも変わらず暗闇の中に二台、静かに鎮座していた。年老いた巨象のように思えて、私は通りすがりに、やさしくなでた。

輪になって談笑している人々の背中に沿うように壁際に進み、背で遮蔽《しゃへい》するようにして、壁に貼られた写真を静かにはがした。そして胸のポケットにすばやく隠した。

他の誰のものでもなく、ミスミ個人の所有物であることはわかっているので、堂々と持ち去ってもかまわないはずだが、私は何か至宝を盗み出したような引け目を感じていた。胸に爆発物を内蔵したように気をつけながら、ゆっくりと外に出た。走り出したい気分ですらあったが、落ち着いて平然と歩いた。

4

その女はいつでも、立ったまま映画を見ていた。

立つ場所もいつも決まって一番後ろ、映写室からスクリーンに光線が向かうその真下だった。腕組みをして、もたれかかるように後頭部だけ壁につけて、一本の長い棒を立てかけたような格好のまま映画を見ていた。短髪の背の高い女だった。

混み合う映画館においては、それもひとつの鑑賞スタイルなのだと、初めのうちは気にも留めなかった。ところが入りがガラガラでも、女は立って映画を見ていて、そこで初めて気を惹かれた。ぱらぱらと四、五人の観客が、前方の左右に散らばっているだけのなか、女はやはり棒になって光の下で立って見ていた。

女は来館すると、必ず二本立ての両方を見て帰った。最低四時間は立ちっぱなしである。若くても身体にはこたえるだろう。映写室の窓からは角度が悪くて女が来ているのかどうか判別できないことが多く、映写の具合を確かめるために場内に入って初めて、その存在を知ることができた。女は見終わると、他の客にまぎれていつのまにか消えていた。作品によっては顔を見せない期間もあった。

ある時、映写係を臨時に交代して自分が受付に座っていたことがある。映画が終わって扉をあけたが、客はなかなか出て行かなかった。そもそも入りの少ない映画で、十人程度がいたに過ぎなかった。外では映写中に雨が降り始めていて、大きな音を立てて地面を打っていた。夏のことで、遠く離れた空は明るいままなのが見てとれた。夕立に違いなく、待てばすぐにあがるのが誰の目にも明らかだった。たいていの客は次回予告の掲示を見たり、トイレにいったりとぐずぐずしていた。

そんな中、その女は気に留めず、傘も持たずにするりと映画館から出て行ったのが、記憶に残った。雨に濡れながら、長く細いふくらはぎが、跳ねるしぶきの煙の向こうに白く目立ちながら小さくなっていくのを、私は自分の耳を触りながら呆けて眺めていた。女の抑えきれない内なる動力が、有無を言わせず身体を引っ張っていくような歩き方だった。女は近くの地下鉄の入り口に逃げ込むわけでもなく、そのまま遠くの角を曲がって去ってしまった。

雨は、女が去った後にすぐにあがった。客の誰かが「まるで虹でも出そうな雨上がりね」と言いながら受付の前を通過した。その声に誘われるように、客の多くが空を見上げながら映画館を出て行った。確かに存分に虹の気配がする、光の跳ねる透き通った夕暮れになった。私も外に出てみたが、どこをみても虹は出ていなかった。

女は自分と同じ二十代前半にみえた。ひどくやせていて、首の長い鳥を思わせる線の細い女だった。脚など細すぎて、すぐにも折れそうだった。肌は暗い館内でも映えるほど白かったが、健康的と言うには程遠く、蛍光灯を思わせる青白さで病的でさえあった。単なる近視なのかもしれないが、いつもどこかをにらむような目をしていた。

私は海原さんから独立してひとりで仕事をするようになり、それにもすっかり慣れてしまっていた。任されてみると、映写技師の仕事は悪くなかった。自身に完結した仕事であり、映写室にこもってフィルムの交換さえしていれば、誰にも文句を言われない静かな業務だった。交換作業は二十分に一回、必ずやってきてそのたびに巻き戻しと次のフィルムの付け替え作業が発生するが、一度身体が覚えてしまうとたいして時間もかからず、自由時間は増えた。

退屈な仕事でもあった。映写室は裸電球がひとつあるきりで、それも場内に明かりがもれないように、奥の小さな机の上で静かに灯っているだけだった。部屋全体がぼんやりオレンジ色に染まって、薄暗かった。私は机に向かって座り、弁当を食べたり、専門の数学の勉強をしたりした。論文は日本語で書いてあってもわからないことが、英語で書いてあった。さっぱり理解できない内容で、一日読んでも一ページも進まなかった。実際ゼミに出ても、たった五行の記述を二時間もかけて解釈するような具合だった。読んでいた論文のコピーは電球の真下にもってこないと、字が小さくて読めなかった。

カタカタ回る映写機の騒音の中で、ぼうっと数学の世界のことを考えていると、世界が好都合に静かなものに思えた。墓場に座っているような感覚にもなった。そんな小さな世界に飽きると、私は映写室の窓から場内を見た。ほんのときどき、立っている女の頭が見えた。

5

受付を担当する浅見《あさみ》さんは、創業当時からこの映画館に関わっているらしかった。ほぼ毎日昼間、入館窓口とそこに並列する売店を回していた。浅見さんが結婚を機に会社を退職して暇をしていた時期に、古くから友人だった社長が映画館の仕事の話をもちかけ、それ以来ずっとここにいると聞いた。

映画はいつも二本立てなのだが、どの映画を組み合わせて上映するかが名画座の難しいところだった。一本見ても二本見ても値段は同じだから、センスが問われた。同じ監督の作品を二本、なんてものは簡単だったが、面白味はないし営業的にも芳しくない。その監督の固定ファンは来るが、動員的にはそれで終わってしまう。そこで監督も何もまったく異なる作品を、雰囲気だけなんとなく合わせて二本立て、というのが多かった。系統も種別もまったく違うのに、なんでこんな組み合わせなのだろう、と疑うときもあったが、実際に両作品を連続して見てみると、思わずうなることも多かった。

この二本立ての組み合わせを企画しているのは、ほとんどが浅見さんだと聞いた。館内に流す音楽も、浅見さんが決めていた。「家からの持ち出しなのよ」CDをずらりと並べて受付で逡巡しているところを目撃したことがある。

浅見さんも静かな人だった。浅見さんは昼過ぎになると、窓口を次のシフトに入る前の映写技師のアルバイトにまかせて、休憩室で遅い昼食をとっていた。映写室は、ロビーから従業員専用と書かれた小さな隠し扉を開けて入って、ちょっとした梯子段を上った位置にあるのだが、その踊り場といえる部分が荷物置き場かつ休憩室だった。せまいうえに窓もなく、裸電球ひとつだけの暗がりだった。たいていのアルバイトは昼食は外に食べに出るが、浅見さんだけは隅に置かれた小さな腰掛に座って、家で作ってきたらしいお弁当を食べていた。私はその様子を、映写室から見下ろすような形になった。浅見さんは裸電球に寄り添うように座り、いつも本を読みながら食事をとった。手のひらくらいの小さな弁当箱だった。どんな本を読んでいるのか知りたかったが、題名を見ることはなかった。

一度だけ、本について話しかけられたことがあって、よく覚えている。私が次の映写技師と交代し、残り時間に窓口に座っていたときだった。何かのきっかけで私の所属が数学科だと知ると、

「藤原正彦さんって数学者、知ってる?」

と訊いてきた。残念ながら私はその当時、その名をまったく知らなかった。すると浅見さんは、

「あら、そう。私ね、藤原正彦さんのエッセイが好きなのよ。よく読んだわ」

と恥ずかしそうに言った。会話はそれで終わりになってしまった。私は藤原正彦氏がお茶の水女子大学の数学科教授ということも知らなかったし、エッセイを書いていることも知らなかった。

6

浅見さんが体調を崩して休みがちになり、その代わりのアルバイトとして例の女が入ってきた時には、身を引くほど驚いた。立って映画を見ていた女だ。

浅見さんから紹介を受けて挨拶したときには、ひどく照れくさく、顎だけ下げて、

すぐ映写室に逃げた。名前すら聞かなかった。数週間は顔を合わせても頭を下げる程度で、口をきくのをためらうほどに気恥ずかしかった。私は因縁めいた旧友に巡り会ったような感情を一方的に抱いていたが、相手は私など知る由もなかった。

ひと月近くは敬遠してぐずぐずしていた。どうせすぐにやめてしまうのだろうとたかをくくっていた。これまでも受付アルバイトは何人か雇われていたが、一週間たらずでやめてしまうことが多く、朝来たものの昼休みに外出したきり戻ってこない猛者もいた。

女は休憩も昼食も外でとっているのか、映写室下の休憩室に入ってくることもなかった。帰り、私が身支度を終えたときにはもういなくなっていた。

接しない中でも、私は勝手に彼女に関する知識を高めた。身長は並ぶと自分と同じくらいある。年齢も同じだと誰かに聞いた。近所に住んでいて、歩いて通っている。西洋人のような高い鼻を有し、静脈の目立つ腕をしていた。短い髪が雑なのは自分で切るのが理由らしかった。何かにつけて痛々しい印象を残す女で、白い肌にひっかき傷なり打撲のあとなりを、頬や二の腕に刻んでいた。絆創膏を無造作に顔に貼りつけている時もあった。何度注意しても、場内まで聞こえるほどの、なりふりかまわぬ大きなくしゃみをするので困る、と浅見さんが裏で文句を言っていた。そしてなぜか小学生が使うような上履きをいつも履いていた。汚れてもかまわない仕事靴として利用しているのだと思っていたが、そのまま帰っていったので驚いた。上履きにはミスミと片仮名で書いてあり、それで初めて彼女の名前を覚えた。三角と書くのだろうが、彼女の印象とあいまって、角ばった片仮名のまま、私の中で印象づけられた。

ミスミとの接近は突然だった。上映中、ミスミが不意に映写室に上がってきたので私は論文から手を離し思わず腰を上げた。そのままミスミは息がかかるほどの至近距離に立った。ミスミの、この無防備に至近距離に立つ振る舞いには、その後も随分と男として悩まされた。

「ねえ、この写真、わからない？」

初めてなのに、そんな口の利き方をした。ミスミは光に透かすように一枚の写真をかざして、二人が横並びでそれを見上げるような位置に掲げ続けた。

写真はフィルムで撮った古いものだった。あちこち黄ばみが出ていた。風景写真で、人物は写っていなかった。空を見上げる格好で撮ってあり、地面は含まれず、夕暮れの空に一本の塔が立っていた。

塔は鉄筋を組み合わせただけの、側壁が無いものだった。赤と白で交互に縞に塗られた、いわゆる東京タワーカラーだ。それなりの高さがある塔だと思われた。自分はその塔に、何の記憶もなかった。

「なぜ僕に聞くんです？」

「これ、どこの塔？」

「わかりませんが、なぜ僕に？」私は初対面なりの口調で対応し続けた。

「あなた理科系でしょ」

「僕の専門は数学なんですよ。電気系の人に訊けばわかるかもしれませんが。僕ではさっぱりわかりません。ごめんなさい」

ミスミは相変わらず、写真を手にぶら下げたまま、腕組みをしてすぐ傍に立っていた。汗の匂いがかげるほどに近く、私はのけぞるような体勢になった。ガタンと大きな音がして、フィルムが切り替わる合図がきたので、それを潮に私は映写機の方に逃げた。ミスミはそれでも足を大またに広げた格好で、じっと目で押し込めるように、フィルムを巻き戻し機にかける私をにらんでいた。最後に大きく鼻から息を吐き出すと、背を見せて行ってしまった。私は胸をなでおろしてフィルムを缶に戻した。するとまたミスミが音を立てて駆け戻ってきて、映写技師が座る椅子の前の壁、裸電球の下の掲示物の並びに、画鋲をひとつ抜いてその写真を貼り付けた。そしてじろりと横目で私をにらんで無言で出て行った。冷たく骨が洗われるような目線だった。私の心が一気につかまれた。同時に何か取り残されたような気持ちになった。戻ったミスミの大きなくしゃみが聞こえた。

塔の写真とは、嫌でも日々対面する羽目になった。他のアルバイトは不審に思わないのか、誰も何も言わなかったし、海原さんですら何も尋ねてこなかった。ただ写真がそこにあることで、ミスミが時間をみつけては映写室に顔を出すようになったことだけが大きく変わった。急に華やいだような、やわらかい毎日になった。

ミスミは休憩室にあったゴミ箱を兼ねた細長いバケツをもってきて裏返し、その上に座った。

「ねえ、塔、まだわからないの？」

それだけが共通語で、あとはずっと黙って座っていることもあった。彼女の休憩時間のこともあったし、あまりに客が来ないので受付を投げ出してサボりにくることもあった。昼には自分で握ってきたというおにぎりを、アルミホイルの包みを解きながら物憂げに食べた。食べ方が汚く、しかも早く詰め込むので、米粒を口の周りにつけたり下にこぼしたりした。

会話があるわけでもないので、何のためにミスミがここにいるのかわからなかった。いくつか映画の話を振ってみたりしたが、なぜかふてくされたように応じなかった。私がフィルムを替えるのを、自分の親指を噛みながら、はるか遠くのものを眺めるように見つめていたりして、気味が悪い時もあった。あまりに手持ち無沙汰で、気まずさに我慢できないとき、思わず私はミスミがいつも立って映画を見ていたわけを訊いてしまった。ミスミは特に煙たがることもなかった。

「なんで立って見ていたんだよ?」この頃には私の方もぞんざいな口の利き方ができるまでになっていた。

「座りたくって来たんじゃないもの。映画が見たくて来たんだもの。マイ・ルール」

ミスミはあっさりそう言った。私はわかりかねた。「映画そのものも見たいわけじゃなかったんだけどね」ミスミは親指の腹を噛み続けながら話した。

「じゃあ、なんで映画館に来ていたんだよ。金まで払ってさ」

ミスミは映写室に雑に貼り付けてある過去数ヵ月に上映した映画のチラシを指差して言った。

「塔が出て来るじゃん。ほら」

まずミスミが指したのは「月はどっちに出ている」という邦画だった。チラシには大きく東京タワーが載っていた。「あとこれも」それが太った女が心細い梯子に登って大きな給水塔をブラシで洗っているチラシだった。「バグダッド・カフェ」だ。他にも「ギルバート・グレイプ」「ベティ・ブルー」そんな映画たちだった。

「でもこれなんて外国の映画だぜ」

「いいのよ、別に。わたしの探している塔そのものが映画に出てくるなんて、そんな都合のいいこと思ってもいないし。ただ、同じ種類の塔が出てくればヒントになるじゃない。だって、今はあれが何の塔なのかすらわからないんだもの」

二人の間には、共通項がその写真しかなく、そこからすべての話を出発させる手間があった。逆にそれ以外の話、ミスミがどんな学部で何を学んでいるのかとか、趣味はなんだとか、交際相手はいるのかとか、そんな話には絶対に展開しなかった。たとえ無理に私からきいてみても「知りたいなら教えてあげるけど、本当に知りたい？」と必ず返された。そう改めてきかれると、答えにくかった。あらゆる面で相当に面倒な女であることが分かり始めていた。

写真についてなら、ミスミは遠い目をしながら勝手に向こうからいくらでも話した。「母親が撮ったの」

幼年期から母子家庭で――「雑に育てられた結果が、わたし」――父親の、記憶はまったくないのだという。「早くに死にそうな顔をしていたわよ」母親からはそう聞かされるだけで、写真すら目にしたことがなかった。ミスミは片方の手のひらで左目だけを隠した。「わたし、片目が弱視でほとんど見えないんだ。眼科に通いつめてさ、信じられる？　小さいころずっとアイパッチして生活していたんだから。身体も弱くて熱ばかり出していて、よくお母さんの仕事を休ませてさ。わたし、足手まといに思われていたのよ」その母親もミスミが大学に入る年に死んでしまったのだという。「お母さんもお父さんも立派な人なのにね。お父さんは医学博士だって、お母さんから嫌というほど聞かされた。医学博士医学博士医学博士。お母さんが言うのは、そればっかりだったなあ。それがなによりの自慢だった。でも、お母さんも立派なのよ。わたしのお母さん、国立大学を出ているんだから。国立の女子大」

「写真を撮ったのはお母さんなわけ?」

「間違いない。しかも死んで遺品整理のとき、箪笥の中に一番大事そうにしまってあったの」

「君自身はこの塔に記憶はあるの?」

「ぼんやりね」

「どんな記憶?」

「夕暮れ。手を引かれて歩いた長い長いまっすぐな道。鉄の匂い。鉄の音。秋の空」

秋、鉄、道、夕暮れ。しりとりのやりとりを拾い集めた程度に意味もつながりもなく、想像の手がかりにすらならなかった。

「どうしてそこまでしてこの塔を知りたいんだよ。それを教えてくれよ」

「our age」

ミスミはそうつぶやくだけだった。目は写真を見つめていた。もう一度つぶやいたから、私は気になって写真を詳しく見直した。写真には白い枠がついていて、そこに誰かが鉛筆で書いたものなのか、アルファベットが刻まれていた。たよりない筆力で書かれたもので、どの文字も判然としない。すべてが等間隔に並んでいるので、ひとつの単語のようでもあり語句のようでもあった。拾える文字をなんとか拾ってつなげると確かにミスミの言うとおり「our age」と読むのが正しい気がした。私たちの時代。私たちとは誰で、いつの時代を指すのか。塔と何か関係があるのか。「our age」――

ミスミは大きな宿題を残すように、再度「our age」とつぶやいてふっと出て行って自分の仕事に戻ってしまった。私は切り替えまでにはまだ時間があり、立ち尽くした。あらためて写真に覆いかぶさるようにじっくりと「our age」なる手書きの語句を読んだ。確かに、どんな時代だって言うんだ。

7

仕事にすっかり慣れ、緊張感もなくなってくると、ただ単調な繰り返しがあるばかりだった。朝出勤し、前の日のアルバイトが朝一回目向けにかけておいてくれたフィルムに問題がないことをチェックする。トイレの掃除をし、館内に音楽をかけ、今日のスケジュールを確認する。壁掛け時計と自分の時計の二重で開始時刻を確認し、幕を開け映写機を回す。時計に向かって指さし確認する動作は、列車の出発を見守る駅員に似ていると思った。

空き時間、私はゼミに向けて論文を読むばかりでなく、自身の研究テーマについても考えたりした。人のものを読むよりは、自分がなんとかしようとしているものを試行錯誤するほうがずっと楽しかった。

私が修士論文の研究テーマとしていたのは、カントール集合だった。カントール集合とは、実在しない数学上の抽象的集合体だった。

一本の棒を用意する。それを三等分に切って真ん中の棒を取り除く。三つに分けてひとつ取り去るのだから、小さくなった棒が二本残ることになる。さらにそれら二本の棒に同じことをする。つまり三等分して真ん中を捨てる。すると四本の細かい木片が残る。同じことを続けていけば、八本、十六本と欠片が増えていくが、どれもみな小さな屑になっていく。

これを無限回繰り返したのがカントール集合だった。無限回というところが現代数学らしい部分で、いわば数学のお遊びの、観念的な集合体でしかない。カントール集合は作り方からわかる通り、中身が空の集合である。無限に中身を取り去った結果できあがる集合だからだ。一方で無限に要素を含む集合体でもある。なぜなら棒を無限回切断すれば無限個の欠片ができるからだ。構成要素は無限にあるのに中身が空、そんな哲学的な集合がカントール集合だった。

私はさらにカントール集合を二つ用意して、それらを少しずらして重ね合わせてみたとき、たとえ一点でも重なりがあるのかどうか、ということを研究していた。もちろんそれが何か役に立つのかと問われれば、明らかにノーだと言えた。ただ修士号をもらうための義務として頭を使っていたに過ぎなかった。

ただ、私はこの研究が嫌いではなかった。今でも、眠れない夜などに思い出すことがある。

カントール集合は中身が完全にがらんどうなのだから、空のものどうしを重ね合わせても何一つぶつかることはないだろう、というのがひとつの予想だった。だが逆の観点では、無限に構成要素がある、つまりは一本の棒が細かく切断されたツブツブが無限にずらりと並んでいるものどうしをぶつけるのだから、そのうちひとつくらいは衝突するだろうと予想された。

たとえて言えば、星の衝突なんだ。——

当時の私は、暗い映写室で遠く宇宙のことを夢想しながらこのことを考えた。我々の銀河系があって、それとよく似た構成のアンドロメダ星雲がある。各星雲は無限に近い星々を集めながらも、それぞれ自身が広大であり、構成する星と星とは人間の物差しでいえば途方もない距離をあけて均衡を保っている。そんな銀河どうしをぶつけてみて、衝突する星がひとつでもあるかどうか——あれだけの星があればひとつくらい激突する気もするし、するっと通り過ぎてしまう気もする。噛み砕いて説明するなら、私はそんなことを自分の修士論文として考えていた。

「わたしのお母さんが興味もちそうな話ね」私はカントール集合の話を、ミスミにしたことがある。ミスミはおにぎりを食べては自分の親指を嚙む、その行為を繰り返しながら話を聞いていた。数学の話に興味をもってくれたことが意外過ぎて私を喜ばせた。「ねえ、覚えてる？　わたしのお父さんは医学博士だし、お母さんは国立の女子大を出ているの。しかもお母さんの専門、数学なのよ。女なのに数学——高校の数学の先生をしていたのよ。どう？　すごくない？」

「お母さんの専門は代数かな、幾何かな。ひとくちに数学といっても広いんだ」

「そんなの知らないし、知るわけもないな。お母さんががっかりするくらい、わたしは数学が苦手だったから」

「話は戻るけどさ、自分の人生が、この自分が生きているということが、まさにこのカントール集合だと思わないか？」私はなんとかミスミをこちらの世界に引き込みたいと思う若さと不器用さを有していた。「構成要素はそれなりに多いけど、中身はまったくない、空な人生だよ」

「構成要素すらないな、わたしは」ミスミは珍しく機嫌が良いのか、鼻で笑って私の話に付き合った。「お互いがお互い、衝突することなく終わる世界観は好き。すり抜けるだけが、すべて。わたしとあなたもそうじゃん」

ミスミからそんな言葉が出て、私は見透かされたような残念な気持ちになり、黙ってしまった。無言に戻った二人の背後に、カラカラと映写機が回り続けていた。光が射す向こうでは映画が動いていて、ぽつりぽつりと観客がそれを見ていた。

「ミスミと出会えたことも衝突ではないのか。すり抜けているのか」若かった私はものほしさにくじけて、すがりつくようにそんな痛々しいことを口にした。ミスミは意外なことにカラカラ笑った。普段は笑わない彼女が少しでも微笑むと私の胸は躍った。

「わたし、ミスミって名前じゃないし」

私は戸惑った。この女は何を言っているんだと気持ちがざわめいた。

「ミスミってのは、この上履きの名前じゃん。この上履き、アパートの近所のゴミ捨て場に捨ててあったやつをもらってきたんだ。誰のか知らない」

私は愕然として、名前をあらためてきいた。

「知りたいなら教えてあげるけど、本当にそんなこと知りたい？」

ミスミはいつものミスミだった。私は結局その後もミスミと呼び続けた。

8

年がら年中、映写技師の仕事が平板だったかというと、決してそうでもなかった。トラブルはしばしば到来した。

もっともありがちなのはフィルムの不具合だった。

私が働いていたのは、いわゆる名画座と呼ばれる二番館だった。最新作を上映するのではなく、古い良い作品だけを選んで、安い値段で二本立てで見せる。ロードショーをめぐってきたフィルムだから、どれも心細いほどにボロかった。比較的最近の映画ならまだしも、地方を散々まわったあげく、さらに名画座もずいぶんハシゴしたフィルムが来ると、もう最悪だった。手で触ってすぐにわかるほどフィルムがすり減って疲弊していた。あちこち継ぎはぎが、見て取れた。ガタガタ危なっかしい音で映写機をまわり、最悪の場合には切れた。

バイトに入ったばかりの初日、映写技師の海原さんから、

「うちはさ、よくフィルムが切れるからさ」

と、第一に言われた。

「き、切れるって、切れたらどうするんですか？」

「切れたら、映写機を止めて」

「止めて？」

「すぐかけ直して、観客が騒ぎ始める前にサッと回す」

そう言うけれど、どう見積もってもかけ替えには三分はかかる。その間劇場内はずっと真っ暗だ。観客が気付かないわけがない、と思うのが常識だが、意外にもそんなことはないらしかった。

「フィルムが切れて、怒るお客さんとかいないんですか？」

「フィルムが切れた映画を観たこと、今まである？」

「ないです」

「そうだよねえ。ロードショーなんかじゃめったに切れないもん。だからさ、観客なんて意外に気付かないんだよね。これは新たな映像表現なんだ、とか思うやつまでいるみたいでさ。苦情なんて数えるほどだぜ。

ただアニメは駄目なんだ。マニアが大量に押し掛けるだろう？　うちの館ではフィルムの不備にクレームを言ったお客には入場料を返すことにしているんだよ。するとアニメはとんでもないことになる。フィルムが切れて止まらなくても、やつらはコマが少ないことでクレームをあげて、入場料返せって文句言うんだぜ。たまらないよ。だからうちではアニメの上映はやめたんだよ。客は入るんだけどね」

ここでいう「コマが少ない」とは、こういうことだ。フィルムが切れた場合、当然修復が必要になる。どうするかというと、まずは斜めに切れたりしている断面部をコマ単位にきれいにカットしてしまう。これには専用の器具があるから私でもできた。さらにカットしてきれいになったフィルムの端どうしを連結させる。連結には特別な接着具を使うのかと思ったが、なんとセロハンテープでくっつけるのである。単純すぎて心配になった。

だからあちこちの映画館を回っているフィルムは、切れてしまうたびにコマを落としてつなげられることで、理屈上はどんどん短くなっていく。それでも一コマは二十四分の一秒でしかないから、見た目はまったくわからないはずなのだ。それをアニメのマニアは発見できるらしい。

フィルム切れなら私でもどうにかできるが、映写機が故障したときはどうしようもなかった。

「こんな古い機械、日本中さがしたって、ここにしかねぇよ」

と社長が自慢げに言うくらい、二台ある映写機は骨董並みに古いものだった。専用の部品などもう手に入らず、他の型の部品をだましだまし継ぎ当てて使っているので、機械ながら見ていて痛々しいほどだった。

故障があると修繕人が呼ばれる。こんな旧世代の機械を修理でき、さらにはそれを仕事にしている人間がいるという事実は、まだ社会に出たことのない私を驚かせた。呼ぶと電気屋の格好をした熟年男性が工具箱とともにやってきて、なんだかんだ大声で文句を言い、社長と喧嘩しながら直して帰って行った。

朝出勤すると、まず「火入れ」というものをやる。仕組みはよくわからないが、映写機の中には大きな電球が入っていて、それに電気をつけた。大きなボタンを押すと、ボンッと何かがスパークしたような音がして、火が入る。ところがある朝はボンッのあと、パリンというきれいなはじける音がして、それっきり真っ暗なままだった。再度ボタンを押してもうんともすんとも言わない。電球が割れたのだろう。これだけでこの日の上映は見合わせ、解散になった。「帰ってくれ、今日の仕事はなしだ」社長は怒っていた。

呼ばれた修繕人とすれ違うようにして、私とミスミは共に映画館を出された。本来は勤務である時間を放り出され、まるまるが自由時間になった。その日のミスミは機嫌が良さそうだった。ミスミはトラブルが起きると、唇の端に笑いを溜めながら映写機の横に来てはしゃぐ癖があった。何もわからないのに映写機に抱きつくように耳をあてて修繕人に邪魔がられ、怒鳴られたこともあった。

ミスミの顔色をうかがいながら、私は思い切って誘った。当時の私には、かなりの勇気がいる行為だった。

「せっかくだから、塔を探しに行かないか。暇だろう?」なぜミスミが塔をそこまでして探しているのかは謎だったが、利用できればなんでもよかった。

「あてがあるの?」

「ないよ。まったくない」

山手線を一周、まわってみないかと私は誘った。「一周すれば、どこかに見つかるかもしれないし」

「馬鹿。二周するわよ。一周目は内側を見て、二週目は外側を見る。二人で見る。見落とさない」まさかミスミが乗ってくるとは思わなかった。

山手線の一周は一時間、つまり二周二時間、立ちっ放しでドアの脇を陣取り、じっと二人で外を見ていた。話しかけると「集中して」と遮られた。足が疲れたから座ろうと提案すると、私の腕を取って逃がさなかった。腕をつかまれたとき、無経験な私は熱くなった。お互いのひじが列車の揺れで何べんも当たるほど、ミスミはずっと傍にいた。

塔はそれらしいものも、さっぱりなかった。銀色の、高いところで電線を渡す高圧送電の塔しか見かけなかった。形状から色から、違っていた。

二周まわって新宿で降りた。とっくに昼を過ぎていた。「お腹すいた、どこでもいいから手早いところ」私なりにいろいろ考えていたのに、目の前にあったどこでも見つかる喫茶店にミスミを追いかけるようにして入った。ミスミはメニューも見ずにカレーライスを注文した。そして鼻の穴を広げて、興奮していた。いたずらっぽい目をしていて、嫌な予感がした。ミスミはスプーンをもってカレーライスの到着を待ち構え、目の前に置かれるやいなや、ものすごい勢いでかき込むように食べた。スプーンがリズムよく皿の底を打つ音が心地良かった。私はあきれて水を飲んだ。驚くことに私の注文したものが到着する前にミスミはカレーを食べ終えた。私が食べている間、よそを見ながら口をぬぐい続けていた。

他にもトラブルは、いくつもあった。朝からビル内の停電が起きたときも散々だった。電力がなければ何もできない。復旧を待つしかなかった。一部電力が回復し、映写機は生き返った。映画は暗い中でやるものだから電灯がなくてもかまわないし、映写機さえ動けばなんとかなる。社長は迷わず客を入れ、上映に踏み切った。

ブザーを鳴らして、いざ上映、となったところで、幕を開けるボタンを押したが微動だにしなかった。幕は電気仕掛けで開くのだが、その電気系統がまだ死んでいた。幕のことなんて皆、忘れていた。幕は手で開けると故障の原因になるので、手出しができなかった。結局、その日入れたお客さんはひとりひとり手渡しで返金のうえ、帰ってもらった。たった幕一つで映画は上映できないものなんだと痛感したので、よく記憶している。

その日も、ミスミと二人解放された。私はまた電車に乗って塔を探すことを口実に、二人でいるための画策にでた。

「どこに行くの」

「川崎あたりに行けばいいんじゃないのかな。工場とかに囲まれた土地がいいと思う。塔も多いと思うし、電車からも見えるだろう」

塔を見る名目の、強引なデートにおいても、ミスミは何の手ごたえもない女だった。個人的な話や、雑談には応じなかった。ミスミはテレビを見ないし、本も読まず、留年している大学にもあまり行っていないようで、何らの深まるきっかけも共通点も見出せなかった。唯一、話がつながるのは、母親についての話に限られた。

「失敗作、よくそう言われたな」ミスミが珍しく寂しそうな顔をして鼻の下をこすった。「わかっていたけどさ。私の身体が弱かったから、お母さんもお仕事行けなかったりして。邪魔くさく思われてたんだ。勉強もできなかったしなあ。『あんたはひとの嫌な部分ばかりを引き継いで』。母親に失敗作って言われるとさ、子供でも、傷つくんだよね」

ミスミは母親に関しては、同じ話を繰り返した。

「医学博士と結婚したんだよ。それだけがよりどころみたいな人だった。自分もインテリなはずなのに、お父さんとの結婚が鼻高々だったみたい。早くにお父さん死んじゃったから、どんな人なんだか知らない。あんたは本当は医学博士の娘なんだからね、って言い聞かせるようにしつこく言ってた。わたしが馬鹿をやったりすると、駄目かねえやっぱり、失敗作なんだから仕方ない、って隣に座ってひざを抱えて言うんだ。そんなときはいつもお酒の匂いがしたな。酔ったお母さんは嫌いだった。お酒を飲むとだらしなくなる人で、机の上にあるどんな紙でも紙飛行機に折ってしまってさ、ぽいぽい飛ばしながら愚痴を言うんだ。お父さんが死んでしまって、そこからうまくいかなくなったって。逃げるように東京に出てきたって」

「もともとはどこにいて、君はどこで生まれたんだろう」

「お母さんはよくナルトって言ってた。ナルト、ナルトって」

「ナルトなら、徳島だな。鳴門市だ。四国の人なんだろうね」

「いつか渦潮を見に行こうと思っている。お金貯めて。それとお母さんはよくサンブ、サンブって言葉使ってたな。サンブの奴らには会いたくない、なんて言ってた」

サンブとはなんだろう。私は山部という言葉をあてて、徳島の山間部から鳴門の激しい潮の流れを眺めている妙齢の女性を思い描いたりした。「お母さん、なまりは一切出さなかったよ。苦労したんだろうけど、他人には弱みをみせない人だった」

私は塔を材料に、その後も何度か機会を摑んで、二人で時間を過ごした。私はうれしかったが、昼飯のたびにミスミがカレーライスをかきこむのには閉口した。

「ルールなだけよ。別に特別な理由なんてないよ」口をぬぐいながら言うのである。『耳を澄ますのよ』。お母さんに、教えられたの。そっと自分の内なる声、遠くからの声、全部に耳を澄ますの。そして聞こえてきた声に、絶対的に従いなさい、っていつも言われた。だから空腹が今の自分を占めているならば、まずはその食欲に圧倒的優先で従うんだ。つまり、お腹がすいたらすぐに食べて満たせばいいし、それならカレーライスが一番早く食べられる。そしてそのカレーライスを誰よりも早く食べ終えるのがわたしのルール」

「ミスミは永久にそんなルールに従って生きるつもり?」

「本当の声が聞こえるまではね」

「本当の声?」

「これもお母さんが言ったのよ。いいかげんに育てられた人間だからさ、わたし、馬鹿をやるじゃない。そうするとお母さんがさんざん怒って、お酒飲んで荒れて、でも最後に、ふっとあきらめきったように気味悪くカラカラ笑って言うんだ。『まあいいさ、あんたも本当の声が聞こえるまでは好き勝手に生きなさい。わたしの娘ではあるんだから』って。で、そのまま酔いつぶれて寝ちゃう。——わたしの将来に、いつどんな声が聞こえるんだろう、って当時から思っていて、そして今に至っている。だから、わたしは常に耳を澄ましている」ミスミは無邪気に笑いながら大きな両の掌を耳に添えた。「とりあえず、いま聞こえる声にはなんでも従う」

ミスミのルールは他にもあった。電車は必ず一番後ろの車両に乗る。傘を持ったら負けで雨が降ったら必ず濡れてみる。カルピスは割らない。月はなるべく目に入れないように夜は気をつける。自動ドアの開閉音を自分の口でウィーンと必ず付ける。街路樹は一本一本手で触れながら歩く。郵便ポストを目にしたらわざわざ近くまで行って脇に貼ってある回収時刻を必ず見る。くしゃみとあくびは無理に止めない、それどころか勢いをつけて思い切りする。頭が疲れて火照《ほて》ったら雑踏でもショーウインドウのガラスに額をつけて休む。これはやめて欲しかったがコーヒーが出されたらそれでうがいをする。「知らないの？　殺菌作用が絶大なのよ」いっしょにいると疲れることが正直あった。変わっている自分をみて欲しいという、自己陶酔的な、幼稚な承認欲求にしか思えなかった。

一方で、そんな奇妙さが、私のミスミへの没頭につながっていることも間違いなかった。私は謎と特異さと興味と愛情とがうまく区別できない、ただ惑わされるだけの無力な童貞だった。私がミスミと過ごした時間は短いものであったが、他の一切の女と交流がなく、女というものに触れたことのない完全な未経験でもあったから、女というものを私に教えたのはミスミであったと言ってよい。それゆえに、その後の人生で困ったこともあったし、回り道したような気にもなったし、逆にミスミのような女に出会えたことで多少の度胸はついたと思えることもあった。

「耳を澄まして聞こえる声は、たいてい食欲なのかい？」

「知りたいなら教えてあげるけど、本当にそんなこと知りたい？」

ミスミはカレーを食べ終えた口をぬぐい続けた。今思えば若気の至りには違いがないのだが、私はほんの一時期ではあるものの、この女が好きだった。大好きだった。

9

「あの女いつか殺されるぜ」

進藤《しんどう》は髪の長い不衛生な印象の男で、近所の理科大で応用化学を学んでいた。神経質で、常に頭だとか首元だとかを搔き毟《かきむし》る癖のある男だった。特に人と話すときは必ず身体のどこかしらを掻いていた。メガネをとると細い陰気な目をしていて、友人としては付き合いがたい相手だった。

昼間の私のシフトを受け継ぐのは進藤であることが多く、私がミスミ以外で日常的に口を利くのはこの進藤に限られていた。

「名前も教えないんだ」進藤もまた彼女をミスミと呼んでいることを知った。何かくやしい気がした。「とにかくひでえ女だよ。よくわからんルールばっかりもちやがってさ。どんな個人的なことを聞いてもさ、『知りたいなら教えてあげるけど、本当にそんなこと知りたい？』なんて毎回毎回言ってさ。まったくいつか誰かに殺されるような女だよ、そう思わないか」

進藤は二つばかり年下だったが、私より前から働いているからか、上からの口の利き方をした。私はこの男からミスミの話を聞きたくなかったので、早々に荷物をまとめて引き上げるつもりだった。

「なんで殺されるんだよ」

「なあ、知ってるか、あいつ、とにかくお願いさえすれば、ヤラせてくれるんだぜ」

私は嫌なものを腹に押し込められたような気分になった。

「本当だぜ。あいつ誰にでもヤラせるんだ。それがルールなんだってよ。頭の弱い女なんだ。あいつは、相手が本当にヤリたくて真摯にお願いしてきたことは、自分の意思とか気持ちとかに関係なく、とにかく受け入れてやるんだそうだ。馬鹿なマイ・ルールだよ。だから、なんとか頼むって、土下座してお願いするとヤラせてくれるんだ」

「君はヤラせてもらったの？」私は少し声を飲み込みながらきいた。

「うん。土下座したらさ、ヤラせてくれた。夜勤でいっしょになった帰りにな。その代わり土下座したぜ。オーケーだったよ。でさ、気持ちよかったからさ、この前もまたお願いしたわけよ。そうしたら、また土下座しろっていうんだよ。腹が立ってさ。前に一度土下座して、でもってヤラせておいて、もう二度目なんだからいいじゃないかよ、って言ったらさ、駄目だ、あなたがあなたの内なる声に従ってお願いしているかどうかは毎回確認するんだ、それもまたルールなんだって言うんだぜ。馬鹿らしい。俺はさー、これでも多少プライドがある男だからさ、二回目は土下座しないんだ。一回ヤッた女なんてもう俺のものみたいなところあるわけじゃん。だから二回目は素直に身体を許せよって思うけど、まあ一回ヤッちまったから、もういいけどな。味はわかったから」

私は急激に、何か目の前の世界が手ごたえのない、ぼやけたものに思えてきた。高い熱が出たように気分が悪くなった。塔を求めて山手線を回っていた自分が幼稚に思えた。私は進藤の前で思わず自分自身に苦笑した。

「あの女、手ごわいぜ。あんな女を愛して彼女とかにした日には、毎日首が絞まる思いだろうな。よくわからんぜ、ルールとやらが。そのルールを変える気がない限り、あの女いつかひどいことになるだろうなあ。許せない男がそのうち出てくるぜ。そう思わないか」

「どうだろう。よくわからないな、俺もミスミは」

「君もお願いしてみたらいいよ。ヤラせてくれるよ。土下座する必要はあるけどね。でもいいじゃないか。抱かせてくれるんだからさ」

「考えておくよ」

帰り道の二駅分、登り坂になる道を歩きながら、いつも私はミスミのことを考えていた。ミスミの白く痛々しい肌や、長い足が収まる上履き、いつも斜め上を見ているような目、気兼ねなく罪なく至近距離に立つ無頓着さ、スプーンをもってカレーライスの到着を待つ間にのけぞるように張り出す胸、たまに見せる苦みばしった笑顔、「知りたいなら教えてあげるけど、本当にそんなこと知りたい？」そう言った後いつも親指を大きく噛む癖。それらすべてが私を悩まし続けていた。

しかしこの日を境に、ミスミのすべてがすべて、逃げきれない中毒めいた病的なものに落ちてしまった。私は身を清めるためにお経でも読み上げながら歩きたいほどの気分だった。「わたし、雑に育てられたから」殺伐とした母子家庭が容易に思い描けた。酒に飲まれた母親の失敗作の迷惑は、このオレにまで到達している。頼むやめてくれ――私はミスミの母親までを呪った。

ミスミがヤラセテクレル。私は、真剣に悩んだ。一時期は、本気で土下座をしようかと思い立ったことさえある。ミスミに会うたびに、その首筋を盗み見ながら、そんなことばかりが胸に浮かび、私はこれまでの私でなくなってしまった。いや、あの頃ばかりではない。ミスミから遠く離れ、社会に出てサラリーマンになって数年もたち、仕事にひどく疲れた帰り道だとか、酒を飲んで家に帰りついたときだとか、就寝前に雑に風呂につかったときだとかに、ふと、「あのとき、土下座してでもヤラせてもらえばよかった」と考えるほど、私はおろかであり、そしてつまらない男だった。

いや、一度だけ、ミスミに訊いてみたことがあった。その日は偶然に他のアルバイトの代理同士で、二人とも夜のシフトだった。最終上映も終わり、映画館を閉めて二人だけが中にいた。思いつめていた私はたどたどしく、それでいて少し怒ったような口調で、進藤に聞いた話を、とぎれとぎれした。するとミスミは遮るように、

「あなたがヤリたいのなら、ヤラせてあげるわ」

と言った。そしてまるでくやしがるようにいつも以上に大きく親指を噛んだ。奥歯が見えるほどだった。

「本当にヤリたいならヤラせてあげるけど、あなたはそんなことが本当にヤリたい？」

壁に手をつき、親指を噛みながら、上目遣いでいたずらっぽく少し首を傾けながら、そう言ったミスミを私はいつまでも忘れない。

10

二十年ぶりにミスミの塔の写真を持ち帰った私は、ぐずぐずしていた。大学の机の引き出しに大切に仕舞い込んだものの、以降出して眺めることもせず、映画館の若々しく遠い日々をぼんやりと思い出しながらも、それらすべてはまた漫然と遠のき始めた。

だが、あるとき、写真が私をとらえた。

きっかけはある友人の死だった。疎遠になって長い大学時代の友人だった。

訪問者は、突然にやってきた。大学の事務室から連絡を受けたが、聞いたことがない未知の人物である。教員室に通すと、やはり顔に覚えのない熟年女性であった。椅子をすすめると、すぐにも話し始めた。

「主人の遺品の中に、借用した本がございましたのでお返しに参りました。主人は義理堅く、馬鹿がつくほどの真面目な人間でして、いまさらご迷惑かとは思ったのですが、故人の意思だと思ってお許しくださいませ」

女は丁寧に布をほどいて、古くあちこち破れた文庫本を取り出して私に手渡した。私はそこで初めて友人の病死を知った。確かに苗字は同じで、未亡人であった。

学生時代に貸したという文庫本を、私当人はすっかり忘れていた。経緯さえまったく思い出せない。卒業後は会わなくなった友人だった。

ヘミングウェイの『日はまた昇る』という文庫本で、あらゆる文芸作品の中で一番好きだと周囲に言ってまわっていた時期が私には確かにあった。歳をとった今でも、突如この作品を読みたくなる衝動がしばしばあり、私の家には二、三冊の同じ文庫本があった。渡されたものを手に取ると、古い空気を背負って場違いに遠いところからやってきたような色褪せた古本だった。学生時代にもっていたオリジナルともいえる一冊に違いなかった。

「主人は末期ガンの病床で、よくこの本を読んでおりました。『古臭いところはあるけどね、今になって読むと面白いんだ。あの頃はわからなくて結局読まずに放っておいたんだが、悪いことしたなあ。でも今は読むのが楽しいんだよ。味わい尽くすまでは死ねない感じだ。ありがたいことだ』と申しておりました。『しかも面白いところに線が引かれているんだよ。あの頃の感受性が伝染するようで、若返る気にさえなるね』といって同じ箇所に付箋を貼って繰り返し目を通していたようです」

なるほど、開いてぱらぱらとめくってみると、線が引いてある。自分が若いころに選び取った文章をいま目にするのは気恥ずかしかった。女の目の前で手を止めたページでは、こんな文章に線が引かれていた。

女というのは友だちとしては実にいいものだ。文句なくいい。まず、友情の基礎をつくるためには、その女に恋をしなければならない。（略）だが彼女の側のことは考えたことがなかった。ぼくは、無料で楽しみを得てきたわけだ。だが、それはただ支払いの時期をのばしただけだった。勘定書は、かならずくるのだ。これは期待しうるすばらしいことの一つだ。

ぼくは支払うべきものはみんな支払ったつもりでいた。何もかも投げだす女のような支払い方ではない。償いとか罰とかいう考えからでもない。単なる価値の交換なのだ。

（ヘミングウェイ『日はまた昇る』大久保康雄訳）

私は、なんだか、照れくさくなってすぐにも本を閉じた。女は話し続けた。

「そんな楽しみもあったからでしょうか、おかげさまで主人は医者の宣告より半年長く生きることができ、短いながらも満足な人生だったと感謝して去っていきました。亡くなったとき、枕元にこの一冊がありました。遺言として本を返却するようにと指示がありましたが、連絡先がわからず、大変欠礼ながら葬儀のご連絡もできず、なんとお詫びをしてよいかわかりません。ただつい最近になり大学にお勤めと知るに至りまして、突然ながらご訪問させていただきました。ぶしつけで申し訳ございません」

私は疎遠な友人の死に驚いたのではなかった。私が驚いたのは、私の善意ですらなく、趣味の押しつけでしかなかった遠い過去の一冊の文庫本が、私の意思に関係なく、自分のまったく知らぬところで第三者を勝手に励まし、勇気づけ、そして生きながらえさせた、それら一連の偶然たる運命についてだった。これは私が放った使命ではない。私が偶然に蹴飛ばした石ころが勝手に何かしらの次のキックに連なり、綿々と途切れず届いて成果を生んだに過ぎなかった。気味の悪さとは異なる、容赦できない、気の抜けない運命の仕掛けを見た気がした。悪意なく、ただ漫然と踏み出した足が、罪のない一匹の蟻を踏み潰すことはあるだろう。だがその逆がありうるのは、奇妙なことだ。

「事前にご連絡をいただければ、こちらとしてもそれなりのお迎えができたのですが。お茶も出さずにすみません」

「いえ、とんでもございません。なにか、わざわざ連絡をさしあげるのも逆にご迷惑かと思いまして」

「私も大学にいないことが多々あるもので……今日は偶然、無駄足にならなくてよかったとは思いますが……」

「ご不在の際は、また参るつもりでおりました。いま、こんな形であちこちおうかがいさせていただいておるのですよ。主人がお世話になったり、それこそ本を借りていたり、ＣＤやビデオだとか、釣りの道具だとか。ほとんどがそのままうやむやにしてしまうような些細なものなんでしょうけど、あの人は律儀にリストにしていましてね」

女は小さなメモ帳のようなものを出してきて、私の前で何やら線を引いた。私の部分が消されたようだった。他にも何本かの線がすでに引かれていた。

「お恥ずかしい話、主人が亡くなって生きる張り合いがすっかりなくなっていたんですが、この主人が残していった『宿題』をひとつひとつ消化していくのが、いまの私の生きがいと言いますか、生きる意味と言いますか。だからこれが全部なくなると困るんですの。今はあまり考えないようにしておるのですが、死とは別の呆然が来そうな気がして。先生が今日いらっしゃらなければ、それはそれでまだ宿題として残りますから。でも今日はひとつ消えてしまいました。もうあといくつも残っておりません。――」

私は何か申し訳ないような気持ちになって、女性を送り出した。女は何度も頭を下げながら帰っていった。あといくつ宿題があるのだろう。部屋に戻って、物悲しい気分で文庫本を手に取ってみた。

そして私はあらためて「衝突」ということを思い直した。カントール集合だ。すべてがすりぬけるばかりではなさそうだ。誰かに蹴られた運命の石が、到達して扉をたたいているのに、気づかず見過ごしていることが十分ありうるのだ。

私は運命に耳をすませて、自身に届いているすべての周波数を察知すべきだと考えた。そして彼女の来訪もまた、寝ていた私を起こす何かしらのキックだと都合よくとらえることにした。

私は居住まいを正すような形で、引き出しにしまってあった塔の写真を取り出した。この写真はミスミの意思そのものではないながらも、偶然に伝達された私宛の宿題たる投石のような気がした。あるいは今更とどいた勘定書のようにも感じた。

まさに私は、ミスミの立場で何かを考えたことは、今までいっさいなかった。私は無料で楽しみを得てきたわけで、支払いの時期を先のばししたに過ぎなかったのだ。何か大きな引力に導かれるような、敬虔な気持ちになっていた。たとえ遅くなっても、支払うべきものはみな支払うべきなのだ。

11

「わたし、いつか殺されるような女なのよ」

ミスミ自身が、そうつぶやいたことがある。その時のミスミは、ふっと、何かをあきらめたような表情をしていた。いつも噛む親指を噛まず、背筋を伸ばした。

「実際に、殺されかけた女だし」

あれはまたもや急に映画館の仕事が中止になり、ぽかりと空いた時間、二人で塔を探しに出た帰り道だった。今思えば、それがミスミと二人で出かけた最後だった。


名画座の難しいところは、作品の選択にある。二本上映だから、どちらかが当たればいいのは確かだが、どちらも当たらない場合だって当然ありえた。

その映画は出足から弱かった。ノルウェーだったかフィンランドだったか、北欧のひどくマイナーな映画二本立てだった。どこかの映画賞をとったらしいが、話題になったのを見たこともなかった。出演者を全員知らないばかりか、エンドロールで流れる名前を発音することすらできなかった。「いやあ、こういうのが好きなやつがいるんだよ」珍しく社長が見つけてきた映画らしく、はじめのうちはいつも以上に乗り気だった。

もともと平日は客が少ないが、上映初日はそこそこ入る。だがその作品は、初日の朝一回目から客が七人しかいなかった。嫌な予感がした。

引き続きの昼の回も同程度だった。夜はもっと少なかったと聞いた。しかも日ごとに着実に減っていき、早くも三日目の朝、私にとって人生初の客ゼロの映画館が実現された。

平日の朝一番である。窓口のミスミは一切仕事がなかった。だが、客がいなくても、電車の運行と同じく、上映は時間通りに開始される。客がいなければ映写しなくてもよさそうなものだが、「途中から客が入ってくる可能性もある」ということで、観客ゼロでも必ず映画というのは上映されるものなのだ。私はこのとき初めて知った。

客のいない館内にブザーをならし、無人の場内に向かって幕を開け、誰も見ることのない映像を私は映写した。カラカラカラカラといつも以上にむなしい音をたてて映写機が回り始めた。

場内に私は行ってみた。がらんとした空間に、映画の音声だけが響いていた。このクローズな空間に、いったいなんの意味があるのか、そんなことを思った。「地球の歴史的に、そして人類の歴史的に、いったいなんのためにこんな儀式が行われているのか」そんな壮大な空虚を感じた。このむなしさは、まさに私自身の、誰にも共有されない人生に似ていた。客のない映画――まさに今の私の人生そのものじゃないか。若い思考だった。

ミスミも当然もてあまし、この日は二人だけの勤務ということもあって、窓口を放り出して場内に入ってきて私の横に並んだ。しばらく二人立ったまま映画を見た。スクリーンでは、北欧の女が洗面所の鏡に向かってずっと独り言を言っていた。退屈だった。顎で誘うようにして、ミスミを伴って映写室に戻った。

私は客がいないのをいいことに、前からやりたかったことを実行してみる気になっていた。映画というのは、大きな幻燈でしかない。だから、当たり前だが、映写機のレンズの前に指を出せば、スクリーンに指の影が映るはずだ。誰も見てないこの機会に、実際やってみた。確かに指が映った。思っていたよりもくっきりとした影ではなかった。スクリーンまで距離があるからか、レンズの前に差し出された指は、ぼんやりとした影となって散ってしまった。ミスミも反対側から、無表情でレンズの前に指を出した。最後には大胆に手のひらを出して光をふさいだが、熱《あつ》っといってすぐ手を引っ込めた。

　ふたたびじゃれあって飛び出して、二人ではしゃぐように劇場内に戻った。面白いと思ったのは、映写室ではなく場内で、映写室から出ている光に向かって思い切りジャンプして手を振ると映るのである。いや、もっと調べると、わざわざジャンプなどしなくても、一番後ろのラインで、ちょっと背伸びして手を振ると映写を邪魔できた。ミスミは劇場のど真ん中で、靴を脱いで座席の上に立ち上がり、旗でも振るように大きく手を振ってその影がスクリーンにちらちらするのを長い間見ていた。これもまた影は大きく散ってしまってはっきりは映らないのだが、ミスミは飽きもせず長い間やっていた。私は切り替え時間になったので、その様子を映写室から見ていた。二巻目に切り替えても、まだミスミは座席の上に立ったままぼんやりスクリーンを見つめていた。手を振るのはやめて、両手はポケットに突っ込んでいた。その背中を私は抱きしめたく思った。

そもそも人はなぜに映画などを作るのだろう。もちろん見ている人に何らかのメッセージを伝えるためだろう。だが一本の映画がメッセージを伝えきれず、ただ作られることだけで完結してしまったら、それはたまらなく哀しい事件な気がした。

一本の映画が作られ、それが誰かの人生に影響を与える。影響を受けた人間が、また別の何らかの情熱をもって他の誰かに何かを伝える。理想だ。さらにいえば、映画の観客のうちで、自分もいつかこんな映画を作ってやろうと誓い、そして実際にその人間が別な映画を作ることもあるかもしれない。リレーだ。文化とはリレーに違いない。

人間が生きるということを突き詰めた先は、伝達なのだ。では何を伝達していくべきなのだろう。私は誰も見ていない映画を眺めながら寂しくそんなことを殊勝に考えた。人間として後世に伝えていくべきこと。でもその大半は、技術だとかノウハウだとか、理科系的なものな気がした。いや、もちろん他にもある。教訓だとか、過ちだとか、後悔だとか、痛みだとか。私は戦争から遠い世代だが、小学校のころ、繰り返し反戦思想の教育を受けた。伝えていくべきものは痛みだ、そう教わっていた。

だが伝達というバトンを考えたとき、その多くが痛みでしかありえないなんてことは、哀しすぎることだと思えた。

私はミスミの塔の写真を思った。これはいったい母親のどんな遺産なのだろうか。our age。ミスミはなぜこの伝達を、受け取りなおそうとしているのだろう。


その後も、客の入りは散々だった。金曜日はどんな作品でも昼間から客は入りやすいが、やはり客はゼロだった。その日も自分とミスミだけが勤務で、またも無人の場内ではしゃいでいたら、突如社長が入って来た。怒られると思って、二人ともその場で立ち尽くして気をつけの姿勢になった。社長はひどく機嫌が悪かった。

「駄目だ駄目だ。こんなもんは。だからヨーロッパは嫌いなんだ。俺は反対したんだけどなあ。やめだやめ」

社長は目の前の虫を追い払うかのように、ずっと手のひらを顔の前で左右に動かし、「駄目だ駄目だ」を繰り返した。とにかく短気な人だった。もうあと三日も待てば上映スケジュールは終わりなのだが、「打ち切りだ、打ち切り。映写止めてこい。電気代すらもったいない。もういいから、お前ら二人さっさと帰れ」と言って出て行ってしまった。

ミスミと顔を見合わせて受付に戻ると、社長はもう去ったあとで、その意思を示すように、外のシャッターが半分下げられていた。

映写途中での止め方を知らなかったので、私はその巻が終わるのをぼんやり待った。ミスミは締めの仕事を一通り終えて、映写室に上がってきた。残り五分ほど、二人で映写室の窓から、続くことなく中途で終わる運命にある映画を眺めていた。まだ北欧の女が鏡に向かって話し続け、最後には椅子を投げつけて鏡を割った。そこでシーンが変わって街中の風景になったところで、切り替えの合図が来た。切り替え先の映写機が回り始めたが、フィルムはかけていないので空で回るだけだった。それでも律儀に映写切り替えは自動で行われ、フィルムを通さないただの光が館内に放射された。二人でなんとなしにその光だけを見ていた。死の迎えが来たような光だった。


夕方までの勤務のはずが、意外な理由で解放されてしまったので、どちらが誘うということもなく、なんとなく二人で塔を探しに行こうという話になっていた。

「塔の並びには、線路があるのだと思う」

この日になって突然ミスミは幽かな記憶があるのだと、いまさらに打ち明けた。私たちは川崎周辺を目標に、工業地帯を走る電車を選んで乗ってみた。観客のいない映画館から放り出された二人は、何かやるせない気分を引きずっていた。窓の外を見ることすら怠けて、座席に座ってぼんやり揺られていた。寝てしまったかのように、ミスミの身体が私にもたれかかってきた。

突然ミスミが立ち上がり「頭が痛くなった」と言って見ず知らずの駅で降りてしまった。私は背中を追いかけた。「空気を吸わせろよ」ミスミは乱暴に言って改札を出て、そのまま見知らぬ町の線路沿いを無目的で歩いた。

工業地帯だった。長い壁と線路に挟まれる道が続いていた。そこには塔などなかった。車の通行もなく、線路の向こうには何かを刈り取った後の荒れた畑が広がっていた。見回しても誰一人おらず、カンとさえるように静かだった。ただまっすぐ二人で歩いた。

「わたし、殺されるような女だから」

そんなとき、ミスミが言ったのだ。

そのとき私は進藤の話などをぽつぽつ語っていたのだが、ミスミは立ち止まって、ポケットに手を突っ込み、誰も見ていない映画を見つめていたときと同じ目で、ぼんやり脇の線路のそのずっと先を見た。そして言った。「わたし、殺されるような女だよ。実際」

歩いていた道と鉄道の線路は、背の低いコンクリート製の柵で隔てられていた。壁ではなく、井の字形に組みあわせた柵だ。線路はあきるほどまっすぐに延びていた。ミスミは私をおいて突然走り出すと、少し先で止まり、その柵を乗り越え始めた。私はもともとがミスミの背中を追いかけるように歩く癖があり、距離ができていた。私はあわてて駆け出した。

「おい、どうしたんだミスミ」

ミスミは聞く耳持たず、そのまま身を乗り出して足を柵にかけ、体重を向こう側に一気にかけると、線路側にドサリと手を突くように落ちた。そしてそのまま這うようにして線路まで行くと、寝そべったまま、耳をレールにつけようとした。

「熱っ！」

レンズの前に手のひらを出した時と同じ声をあげた。耳を手でおおって、転がった。秋が近いとはいえ、残暑の日差しを浴びたレールは触ると飛び退くほどの高温になっているようだった。とにかく、いつ列車が来るともわからない状況で、危険極まりなかった。

私はやっと追い付き、フェンスを乗り越え、耳を押さえ線路に座り直しているミスミの首根っこを捕まえた。話してわかる女ではない。脇に手を入れ、その場で無理矢理に立ちあがらせ、押し込むように柵に寄りかからせた。ミスミを掴んだまま私が先に柵を越え、道路側からミスミを抱きかかえ引っ張り込むような形で、ドサリとこちら側に投げ落とした。私はミスミが頭を打たないように手で支えて、うまく足から落ちるようにしてやった。身体からはいつものミスミの香りが、私に乗り移るほどに濃く匂った。抱えた身体のやわらかさを、後々いつまでも腕が覚えていて私を悩ませた。

　私はミスミをガードレールに座らせて、落ち着かせた。声をかけず、ミスミの息が整うのを待った。そのとき、はるか遠くで踏切の音が聞こえ始めた。やがて列車が通過した。駅から近い距離にあるが、単純な直線なのでここでスピードを確保するのだろう。かなりの速度が出ていた。救出が遅れていたら、面倒なことになっていたかもしれなかった。

　列車が行ってしまうと、踏切の音も止み、途端に静寂に戻った。ミスミはぼんやりしていた。

「わたし、殺されそうになったことがあるんだ」

　あえて私は合いの手を挟まず、ミスミが話したいだけ話すようにしてやった。ミスミは少しずつ話した。

「お母さんと、あのとき塔のある場所に行った。まっすぐ線路沿いを歩いた。すごくすごくまっすぐな道だった。線路に沿って、まっすぐに歩いたんだよ、わたし。あの日、お母さんは朝からお酒を飲んでいたな」

時刻は夕方になっていた。

「お母さんは、わたしの背中を押して線路に入れてくれたんだ。そしてお母さんは、レールの音を聞いてみなさい、って言ったんだ。遠くの電車の音が聞こえるのよ、って誘うんだ。わたしはそのときも目がすごく悪くて眼帯していたんだけど、耳だけは良かったんだ。音を聞くのが好きだった。電車の音、聞いてみたいって思ったよ。だからお母さんに言われるとおり耳を乗せたよ。目を閉じて、ずうっと長いこと、じいっとしていた。あのときのレール、冷たかったなあ。ひんやりした。でも今は違うな。レール、熱いな。冷たいレールが良かったなあ」幼児に戻ったように甘えていた。

「列車の音は聞こえたのか」

「覚えがないな。いま、聞こえるかと思ったけど、よくわからなかった。でもその傍に、塔があったのは覚えている」

二人は大きな祭りが終わった後のように脱力して、ガードレールに腰かけたまま、だらしなくぼんやりしていた。ここには望む塔はなかった。夕暮れの気配の中、ずっと遠くに銀色の配電塔が並ぶのが見えるだけだった。ミスミを今すぐにでも本物の塔の場所に連れて行ってやりたかった。

「帰る」ミスミは飛び上がるように立ち上がり、そのまままっすぐ線路沿いを歩いて、隣の駅を目指し始めた。夜の風が吹き始めていた。歩きながらミスミはいつもよりやさしい口調で私に話してくれた。

「お母さんは、塔の写真を残していた。

――殺し損ねた。

その後悔を、最期までずっと抱いていたんだろうね。

実際、わたしがいなければお母さん、もっと良い人生がありえたんだと思うよ。絶好な再婚話があったことはひとから聞いたし、仕事を決めるにしても住む場所を決めるにしても、わたしが邪魔には違いなかった。

お母さん、自分の死期をわかっていた節があるんだ。癌の再発が判明したあたりかな。病院に猶予をもらって、一時帰宅して身辺整理を徹底してやってた。いつでも日が陰っている暗い裏庭に柿の木が一本だけあって、その根元に穴を掘ってさ、一斗《いっと》缶に火を焚《た》いていろんなものを焼いて埋めていた。紙のものが終わったら、衣類まで全部焼いてた。お母さんの白くやせ細った顔が、青白い風景の中に、やわらかく炎に照らされていたのをよく覚えている。全部が全部、焼いてしまった。実際、遺品整理のとき、ずいぶんと整理してあるって周りの人が驚いていた。

――でも、なぜ、この写真だけ残したんだろう。一番に焼いて欲しかったのにな。

たぶん、わたしへの復讐なんだとは思う。だって my age じゃなくて、our age なんだもの」

歩く二人を突き放すように陽がひいてしまって、すっかり暮れてしまった。

「でも、君こそ、なんでそんな嫌な記憶の塔を探し出したいんだ？」

「カレーライスが食べたい」

「は？」

「カレーライスが食べたいんだ。お母さんと塔を見たあと食べたカレーライスが死ぬほどおいしかったんだ。それがもう一度食べたい」我に返って照れ隠しに転じたのか、いつものいたずらっぽく笑うミスミに戻っていた。

「黒い色をしていて、ドロっというよりコロっとするほど煮詰めてあって、舌にコクの残るカレーでさ、すごくおいしかったんだ。あれが、もう一回食べたい。おいしすぎて一瞬で食べきったんだ、わたし。いつもどんくさく食べるわたしが、本当に一瞬で。

そのとき、褒められたんだよね。わたしがお母さんに褒められることなんてほとんどなかったけど、唯一あのとき、お母さんに褒められたんだ。『あら、やればできるじゃない。あなたも本当は食べるの早いのね』って。

――誤解していると思うけど、お母さん、すごくやさしかったの。とってもとってもやさしかった。わたしはお母さんが大好きだった。酔ったときのお母さんは最低だったけど、それでも、お母さん大好きだったんだよな。本当にやさしかった」

「どんなところがやさしかったんだ？」

「知りたいなら教えてあげるけど、本当にそんなこと知りたい？」

完全にいつものミスミに戻っていた。ミスミは吹けやしない口笛を無理に吹くようにして歩いた。長いこと、二人黙って歩を進めた。

「ああそうか　そういうことか　秋の空」駅が見えてからミスミが突然言った。

「なんだいそれ」

「お母さんの作った俳句。よく、つぶやいていた。あの日の帰りも、口にしてた。あそうか　そういうことか　秋の空。よくわかんないけど、雰囲気的に好きな句よ。お母さんらしいしさ」

そのとらえどころのない句を今も、私は奇妙に覚えている。


次のアルバイトの日、私はこれまでとはまた違う気持ちを抱えて、壁に貼られたミスミの塔の写真を見た。頼りない筆跡の、ほとんど消えかかった「our age」という文字が、悪魔的な呪いの刻印にしか思えなかった。これがミスミの母親の一時代であることは間違いないが、こんな自己憐憫の残念さだけを残していくなんて、どうかしている。「わたしはお母さんが大好きだった」ミスミがそう言っても、歩み寄れないものがあった。なにが「our age」だ。私は暗がりの中、鼻をかんだ。

12

残念ながら、ミスミはその後、アルバイトに顔を出す機会が極端に減った。あるとき、顔に包帯を巻いて出てきたことがある。どうせ聞いても何も答えないだろうから、あえて触れずにおいた。その日、ミスミは午前で帰ってしまった。「男に殴られたらしいよ」ミスミに代わって急遽呼び出されて勤務についた浅見さんが教えてくれた。「社長があの顔をたまたま朝来て見てしまって、そんななりで客商売できるわけないだろ、って怒って帰しちゃったのよ。当分休ませるみたい」

私は物足りない感じで、その後の勤務を続けた。ミスミと会う前はこんな味気ない毎日を送っていたのかと思い直した。

交通費が支給されないから、自然とアルバイトには近隣の大学の学生が多くなる。映画館は飯田橋にあったから、早稲田と理科大の学生が多かったが、沼崎《ぬまざき》さんという先輩は珍しく慶應の院生だった。彼はかなり熱狂的な映画ファンだった。

私は同じバイト仲間に、「映画はどんなのが好きなの？」と聞かれたときは、「日本映画は好きで見ます」と答えて逃げていた。実際は、これまで映画館に足を運ぶこともほとんどなく、たまにテレビで放送されるものを見るくらいで、とにかくうとかった。そんな中でも、たまたま伊丹十三の作品だけは好きでテレビでよく見ていたから、仕方なく伊丹ファンということにしておいた。沼崎さんはそれを聞きつけたらしく、「日本映画が好きなんだって?」と私に会うたびに興味深くいろいろ尋ねてきた。何を聞いても手ごたえのない私は沼崎さんをがっかりさせたに違いなかった。「やっぱり黒澤リスペクト派なのかな?」私は黒澤明の作品さえ、一本も見たことがなかった。

沼崎さんは、そんな私に、おすすめの映画をわざわざビデオで貸してくれたこともあった。ひとつは「幕末太陽傳」という映画だった。日本映画史上に残る傑作といわれて借りたのだが、白黒な上に時代劇だったことにびっくりした。主演のフランキー堺がやたらあちこち忙しく駆け巡る映画で、頭からずっとドタバタしっぱなしの印象があって、息もつかせぬような勢いはわかるのだが、自分には深い魅力がよくわからなかった。

次には「新幹線大爆破」という高倉健主演の映画を貸してくれた。速度が一定ラインより下がると爆発する爆弾を新幹線に仕掛けた男と、警察との手に汗握る展開の映画で、これはなかなか面白かった。私は初めて高倉健の映画を見た。

沼崎さんは卒業にあたる年で、就職活動をしながらアルバイトを続けていた。スーツ姿で現れることも多く、「今日の面接は全然だめで……」なんて話を、奥のほうで浅見さんと静かにしているのが耳に入ったりした。

私は昼間を基本としながら、たまに他のバイト学生が都合が悪いときの代理で夜の映写シフトに入ることがあった。そんなときたいていは沼崎さんが窓口の係だった。夜の最終上映が始まると窓口は締めてしまって暇だから、たいていは映写室にサボりに来た。

そのときもスーツ姿だった。映写室につながる梯子段に、こちらに背を向けて腰を下ろした。そうして、カラカラと鳴るリールの音を背景に、力ない声で、「本当は映画関係の仕事につきたいんだよねえ。でも現実は厳しいよ。全然関係ない業種の、全然関係ない仕事を受けにいってさ、それでも散々な目にあうんだもの。嫌になるよ」と、一方的に私に愚痴をこぼした。私は就職活動もまだ来年だったし、将来に対する夢も何もなかったから、何をどう深刻にとらえていいのかわからなかった。ただ沼崎さんの話から、そのぼんやりとした重たい空気を感じとった。そうして二人、静かに黙った。

この映写室の中の自分のような、自由な時間なんていつまでも続かない——いつかは自分を押し殺して、埋もれていかなくてはならない。そんな当たり前のことを、現実として受け止めるべき時期なのは確かだった。私はその現実を真正面にとらえることができなかった。私は未熟で、そんなことよりも女との経験の無さの方がずっと深刻に思えた。馬鹿らしいことに、沼崎さんが現実的な話をしてくれているのに、私の頭の中はミスミだけが占めていた。

「沼崎さんは、ミスミとは仕事しました?」

「ああ、例の変わった女の子ね。噂には聞いているし、二回くらいかな、仕事もしたよ」

「噂ってどんな」

「いろいろあるよ。特にあれだよ、ほら、貞操観念の軽い感じの噂」

「沼崎さんは、お願いしました?」

「お願いいって?」

「いや、その、ヤラせてくださいって言えばできるって、進藤が言っていたから」

「僕は、そういうの興味がないな。確かに彼女はそういう女らしくて、他のバイトとも肉体関係があれこれあったみたいだけど」

そして私の知らない何人かのバイトの名前を挙げた。聞かなければよかったと思った。私の知らないミスミの世界が幅広くあるのだなと、徹底的に完敗した感じがした。

「僕はそういうの、どうでもいいな。簡単なルールだけどさ、短絡的な欲望を満たすことをしない、というのを守ろうと思っているんだ。すごく単純な話だけどさ、それを守るだけで、少しだけ人生がうまく回る気がするんだ。

人間の行動の動機って、たどりにたどってその源までいってみると、結局は本能的な欲じゃない。食欲とか性欲とか。でもね、そのたどるつながりの距離が長いものは良しとするんだ。たとえば、金や名誉が欲しくて良い会社に行こうとするのはさ、結局はいいもの食っていい女を手に入れたいっていう、根源的な本能の欲に結び付くんだろうけど、その結び付きの距離が長い気がする。でもね、短絡的な、いますぐ抱けるからその女を抱こうっていうのはさ、その距離がすごく短いんだ。欲情そのものに直結した動機なんだ。そういうのは絶対駄目だから、選択しない。それが、僕のルールだ」

沼崎さんはそんなことを話してくれて、そのルールはその後の私にも影響を与えた。自分が欲情を抱えた時は、沼崎さんが言う「欲との距離」を考える癖がついて、それが良い方向に結び付くことが幾度となくあった。歳をとった今に振り返っても、悪いルールではないと思う。沼崎さんはその後どう生き抜いただろう。

ミスミもそのマイ・ルールに、この沼崎ルールを追加して欲しいと思った。その後、沼崎さんも就職活動が忙しくなってフェードアウトし、一切会うことはなくなってしまった。私はただ淡々と映写技師の業務をこなすだけになった。受付には浅見さんだけがいて、私は暗い部屋でひっそり数学の勉強をした。観客ゼロの映画はその後現れず、かといって大入りになる作品にも恵まれず、ただ時間だけが過ぎていった。

13

「鬱《うつ》ですらありませんよ」

何をするにも億劫が先にたち、ぼんやりとしていることがここ数年多くなった。四十代、もう人生が行きつくところまでたどり着いてしまって、この先ただの敗戦処理のような気配だけがあり、なんの活力も湧かない日々だった。三大欲求のどれにも欠け、なにもかもが面倒でならない。それでいて苦痛も焦燥もなかった。気迫も覇気もなく、大学の講義がない期間には声を出すことさえ忘れた。

これほどに枯れ果てた無気力は神経の病気なのだと独り合点して、はじめて専門家の戸をたたいた。医者は三十分ほど私の話を聞くと、その先はいいと遮って、「ただの人生の黄昏ですよ」と笑いながら言った。「誰でも加齢で経験をするものです。まあこの手の停滞は、それはそれで一種の幸せだと考えられませんか」医者は今後来院する必要はないと言い切った。私は解放されたようでいて、匙を投げられたような気持ちになった。

医院の帰り、そのまま家に帰る気にもなれず、私は映画館がある神楽坂の街を、ふたたび訪れることにした。二十年を経てもミスミの塔を探しあぐねていた私は、何かに助けを求めるような気分になっていて、懐かしい街を巡ることで甘えたい気分でいた。

これまでにも機械的に塔は探した。インターネットがあるのだから、簡単に見つかるものだと舐めていた。確かに、画像検索すれば、いくらでも塔は出てきた。ただ片端から眺めても該当するものはなく、私をむなしい気持ちにさせた。第一、数が多すぎる。絞り込む何らかの追加キーワードが必要なのだろうが、それが思いつかない。赤白、塔、と入力すれば、すべてが東京タワーの画像になってしまう。思いつくものはたいてい入れたが、どれも空砲に終わった。

おかげで私は鉄塔に詳しくなった。四角鉄塔、矩形鉄塔、門型鉄塔、ドナウ鉄塔、ドラキュラ鉄塔、送電の鉄塔には様々な種類があった。そんなものを、夜な夜な私は調べ上げたりした。静かなる深夜に鉄塔の解説を読みながら酒を飲むのも、悪くはなかった。

地下鉄を降り、映画館を背にして、坂を上がる道を選んだ。上り詰めると右に折れて消防署がある。その脇をあがると中規模の公園があり、かつてはその脇に背の低い団地が立ち並んでいた。都営アパートだったと記憶しているが違ったかもしれない。今はすっかり別の建物で占められている。さらに奥は古い街で、車両では進入しにくい細い路地がいりくみ、当時から一日中、陽が陰っている印象があった。

記憶を頼りに進んだが、土地にのる建物は新しく作り直されているので、路地の形状だけを案内になんとか進んでいくような具合だった。くの字に曲がった路地を抜けた先に、ミスミはかつてひとりで住んでいた。その場所を訪ねることを目的としていたが、どうせ何もかもが変わり果てているのだからと、私は初めからあきらめていた。

「世界人類が平和でありますように」路地の入り口にあった看板は残存していた。「わたしとは考えが違うな。全部死ねばいいのに」かつてミスミは路地どんづまりのコンクリート造りの寒々しいアパートへと私を案内した。触ると冷たそうな壁を記憶している。「鉄筋が入っているのよ」ミスミは言った。「いつか掘り出してやるわ」

私は何度かここに来たことがあった。酔ったミスミに誘われるように来て、期待を裏切られ、水だけ飲んで帰ったことが、幾度かある。ヤラセテモラエルカモシレナイ。帰り道、私はあまりに惨めな気分で、泣きながら帰ったことさえあった。

まったく別の建売住宅にでも変わっていると覚悟していたものが、完璧に当時のままで現存し、私は息をついた。近づいて壁をなでてみた。ざらついていて、ひんやりとしていた。二十年という期間が存分に冷まし切ったような冷たさだった。その触感が、かつてここでミスミが風呂を使う音を聞きながら、呆然とひとり立ち尽くしていた過去を思い起こさせた。あのときはミスミに内緒で勝手にひとり来たのだ。進藤にそそのかされて、今度こそ抱かせてもらえるかと思って深夜に来て——戸をたたく勇気がなかったのだ。馬鹿だ。そして今もまた、私は当時とは異なる呆然で同じところに立っている。

ここまで来たら、少し大胆になろうと思った。なにか、ミスミの残像のようなものを、得たい。周りの誰かを捕まえて、ここに住んでいた女について知らないかきいてやろうと腹を決めた。二十年前の話であり、無駄骨なのは了解していて、ただ気持ちを発散したいという欲でしかなかった。

思い切って今の住人に聞いてみるかと思い詰めたとき、脇に並ぶ木造の古い家から白髪の爺さんが出てきたのを私は逃さなかった。駆け寄って、かなり古い話で申し訳ないが、かつてここに女性が住んでいてその人は殺されたと聞いているのだが、何か記憶していないかと聞いてみた。「四軒屋《しけんや》という変わった苗字なので覚えがないかと思いまして」四軒屋智恵《ちえ》というのがミスミの本名だった。

爺さんは、アパートの大家はうちだが、俺は知らない、婆さんがよく知っていると奥に引っ込んだが、すぐに出てきて手招きをした。玄関口のすぐ脇をそのまま和室の部屋につなげてある奇妙な作りだった。「婆さんが介護車にそのまま乗れるように壁をぶち抜いたんですよ」白髪なので爺さんと勘違いしたが、息子のようだった。「口は達者ですから、どうぞなんでも訊いてやってください。退屈してますから遠慮なく」自身は帽子をかぶりなおしてどこかへ行ってしまった。

私は靴は脱がずに玄関先に腰掛け、畳で脇息にもたれて座っている婆さんと話をすることができた。年のわりに背筋の伸びた品のある婆さんだった。

「ああ、四軒屋さんね。覚えてますよ。ひどく前の人ね。娘さんとお二人で住まわれていました」

そうか、母親との暮らしから、ミスミはそのままアパートを引き継いで住んでいたのか。老婆は頭もしっかりした人で、すっきりとした話し方をした。言い淀むことも、言葉を探して間をおくこともなかった。長い話を遮って先に進まねばならぬほど、饒舌なのに驚いた。普段他人とあまり口を利けない鬱憤《うっぷん》を晴らしているようにも感じられたが、私にはありがたかった。

娘さんについてはね、記憶はあまりないのよ。明美《あけみ》さんが亡くなってからも、娘さんはお住まいでしたけど、数年でお出になられました。殺された？　あら、そんなご不幸は存じません。娘さんのことはわかりませんねえ。若い娘さんでしたし、お母さんが亡くなってからは交流もなくなりましてね。私も身体を悪くしまして。明美さん、そうお母さんの方ね、その方ならよく存じております。

ええ、元々は親子で住んでおられました。このアパートが新築でできたときにまだ小さい娘さんと二人で入ってこられたのでよく覚えていますよ。明美さんとはよくお話もしましたし、当時はいろいろと交流があったものです。この和室にもよくお茶にお呼びしました。

はいはい、たいへん頭の良い、ハキハキしゃべる方でした。少しロシアの血が入っていると聞きましたよ。鼻筋が通って色が白くって、背が高くってね、とても綺麗な方で近所でも評判でした。学校の先生でしたよ。臨時教員って言ったわね。よく学校が変わりましたけどね、そうね、数学の先生でした。今はわかりませんけど、当時は女の数学の先生ってのは珍しかったんです。国立大学を出ていらっしゃってね、人物も確かな方だったのでお部屋をお貸ししたんです、ええ。

父親ですか？　亡くなったかどうかはわかりませんけど、ここに来た時にはもう離縁されたあとでした。医学博士？　いえいえ。明美さんは、警察の方とおっしゃってましたよ。ケイサツカン、だって。明美さんは、キッパリとしたものの言い方されて、筋の通ったさわやかな物言いでしたけど、でもお酒が入るとね、駄目なの。

ちょっと口が悪くなってね。この子はオマワリの子供だから、なんてよく言ってましてね。私も飲むものだから、つきあいでここでお酒を飲ませるとね、オマワリの子供オマワリの子供ってよく言ってました。「失敗作はオマワリの子なのよ」なんてこと言うもんで、私、叱ったことがありますよ。子供に失敗作って言い方はないでしょうって。そしたら次の日、そんな酔った粗相を恥ずかしそうにわざわざ謝りに来る、かわいらしいところもありましたよ。付き合っていて気持ちのいい人でした。

失敗作というキーワードが出てきた。ミスミに確かにつながっている。国立大学出身も、数学教師も同じだ。ただ離縁だとか、警察官という点が異なる。医学博士ではないのか。婆さんが耄碌《もうろく》して他の誰かと取り違えている可能性も当然ある。とにかく婆さんが覚えているのは明美という名のミスミの母親の方であって、ミスミ自身の記憶はわずかだった。

「娘さんは、おとなしい方でしたよ。お母さんの言いつけは守る、本当に物静かな真面目な子でした。明美さんが入院されたときはね、私の方で食事だの学校だのなんだのでお世話は確かにしたんですがね、挨拶のできる素直な良い子で、逆にそれで印象が無いくらいなんです。お話したこともないですねえ。こう、明美さんの後ろにじいっと黙って立っているような子でね」

意外な話だ。私のミスミの印象を裏切っている。

「明美さんは、お酒をよく飲まれる方でしたか」

「とにかくお酒に逃げる人でしたね。それさえなければ、とよく思ったものです。なにか嫌なことがあるとね、娘をおいて、どこかで飲んでくるんです。あの頃ですからね、そうそう女一人で飲ませる店もなかったでしょうに。どこで飲んでくるんだか。だから、お酒の失敗が多い人でねえ。飲んでもね、車を運転しちゃうんです。当時はね、それほど飲酒運転にうるさくないゆるい社会でしたけど、それでも何度か捕まってね。昔このはずれに駐車場を借りていたんですけどね、そこで警察官と言い合いになって、大騒ぎで私も呼び出されたことがありますよ。飲んでる飲んでないでそれはもう大喧嘩で。飲酒運転が原因で学校も何度か変わったみたいでね。いくつか取り返しのつかない失敗もしたようですよ。お酒なんてやめなさいって何度も言うんですけど、だめなんですよ。

男勝りな人でねえ、なんていうんですかねえ、自分が自分がと前に出たがる人でしたから、煙たがる人も多かったですよ。私はそんなところが好きでしたけど。いっとき、学校を変わったころかしら、区議会議員になるんだなんて画策までしてましたから。

なにかこう、自分を生かせるものを常に探しているような人でねえ。目立ちたがるところがあるというか。あるとき、私が趣味でやっている俳句が新聞の俳壇というところに載ったんです。そうしたら自分もやると言い出して、ここいらのお仲間に案内しました。娯楽のない時代でしたからね、そんなことでも気晴らしになるのかと思いまして。でもあの人は向いていなかったですねえ。人から自分の句を否定されると、腹を立てちゃうの。ずいぶんもめたこともあって、あの人を同人からはずせませんか、なんて言ってくる仲間をなだめるのが私の役目でした。

でもいつからかしら、こんな人も大人になるのねえと思ったんですけど、急にものわかりの良いひとに変わりましてね。あなた、最近随分と大人しいわね、なんて私が言ったら、『おまえなんか、おこがましいぞっ、って声が聞こえましてね。もう脇役に徹するんです』。なんて冗談言って。まあ、歳をとったってことよね。娘さんが大きくなったらお酒も減りました。

それでもお亡くなりになる数年前かしら、自分の句をもってきて、どうしてもこれを同人の句集に入れると言ってきかなくて困ったこともありましたね。私が他のものが良いと言っても聞かないんです。そのときだけは昔の明美さんでした」

まさか俳句なら、と私は咄嗟《とっさ》に反応した。

「それは、『ああそうか　そういうことか　秋の空』、そういう句ではなかったですか」

「あら、あなた、よくご存じね。その通りです。わたしもよく覚えていますよ。なぜかというとね、これは『あ　そうかそういうことか鰯雲』という多田道太郎という人の句があるんです。だからね、だめなんですよ。本人には何か思い入れがあるのでしょうけどね。でもね、さすがに下げた方がよろしいと申し上げたのですけどね。これは自分が本当に本当の自分の心を詠んだのだから仕方ない。公的な出版物でないのだから載せてもいいでしょうと言ってきかないのです。かなり、もめたのでね、記憶に新たなのです。明美さんは、これだけはゆずれない、と」

「結局、載せたのですか」

「確か」婆さんが立ち上がって背中を見せた。背後の棚の戸を開け、どさりと印刷物の束をおろしてきて、指に唾して上からめくり始めた。「載せましたよ。どこかにあったと思いますけどね。といったって、数十部程度の、趣味の冊子ですよ。そんなものを作るのが楽しい時代でね。ああでもここいらのは、ここ数年のね。ごめんなさい、すぐには――」

「いや、あれば見たいですけど、大丈夫です。結構ですよ」

「幹事は私なので数部は手元に残るんです。この歳でもまだ幹事をやっているんですよ、驚くでしょう。でも昔のものはどこにあるんだか。まあ、そのうち出てくるでしょう。でも明美さんの話なんて懐かしいわ。もうお亡くなりになって随分になりますからね」

「再婚の話なんてのはなかったのですか」

「それはもう、たくさんありました。美人でしたから。でもねえ、相手を気に入らないのか、『あの子がいますからね』なんていって、娘がいることを理由に結局どれにも応じませんでした。もったいないとも思いましたけどね。かなり良い話もあったんですよ」

「男の人と交際している噂もなかったのですか」

「娘さんが小さいころにはね、それはありましたよ。複数ありました。男に家に入り込まれたりして。あの人、実際にはかなり不器用な人でね。優しすぎるのよ。真摯にお願いされるとね、こたえちゃうの。家にも入れちゃうし、ご飯とかも作っちゃうし。男性関係もそうだし、返ってくるあてのない人にお金貸してあげちゃったりしてね。強いようでいて、不器用なの。そこがかわいい人でした」

「裏の柿の木の下、遺品整理でいろんなものを焼いて埋めましたよね」

「あなた本当によくご存じね」まったくだ、私はよく知っている。「あれだけ自分というものを出す人なのに、何もかも焼いてしまいましたからね。とにかく、変わった人でした。コーヒーなんて出すとね、それでうがいするんですよ。びっくりしますよね。ガラガラガラって。あきれてしまいましてね。娘さんを前にそんなことするんで、なんですかハシタナイって」

私は思わず声をあげて立ち上がりそうになった。

「コーヒーで、うがいを、するんですか。」

「そうですよ。いい大人がね。喉にいいとかなんとか言って。娘さんにはね、こんなお母さんを真似しちゃだめよ、なんて言い聞かせてね。本当に不思議な人でした」

私はそれをミスミが独自に生み出した特異な奇癖だと思っていた。

伝達。馬鹿な。

「雨でも傘をささない人でしたか」

「そうなのよ」

「ものを食べるのが早い」

「それもまたハシタナくってね。女が男より早く食べるなんて、って注意するんですけど」

「明美さんは、せっかちな人なんですか？」

「そうなの。驚くほどの、せっかち。だから映画なんてね、あの人、立ってみるのよ。その方が終わったら早く出られるからって。早くったって、少なくとも二時間は上映するんだし、座りなさいよ、っていくらすすめても曲げないの。あきれました」

あきれたのは、私の方だった。

私はなにか必要以上に腹が満たされた気になって、立ち上がりながら、最後に母親の出身について訊いた。

「ここに来る前は四軒屋さんはどこから来られたんでしょうか」

「千葉の方、とおっしゃってました」

「千葉？　千葉ですか。私は四国だと聞いていたんです。徳島県の方です。鳴門市だと娘さんが言っていたんです。ナルトです、渦潮の」

「いえ、千葉にご実家があって、そこから出てきた、とおっしゃっておりましたよ。外房の海の方だと。でもそれは確かだと思いますよ。実家が醬油《しょうゆ》づくりのお家だというので、お醬油をね、よくいただいたんですよ。高級なお醬油でした。だから私は勝手に野田だの銚子だの、あちらの見当だと思っておりました。明美さんはサンブ、サンブとよく言ってましたけど、私は千葉の土地には詳しくないのでねえ、よくわかりませんでした。でも、確かに千葉の方だと記憶してますよ」

千葉？　これはミスミの話とずれている。それでいて、サンブ、これは合っている。このサンブという語句がさっぱりわからない。どうしても山部という字を頭の中で当ててしまう。

「蜘蛛を焼いた呪いだ、とよくおっしゃってました」

私が背中を見せて敷居をまたいだときに、婆さんがかすかな思い出を拾い上げたように言った。私は思わず首だけ戻した。

「くも？　蜘蛛の巣の蜘蛛ですか？」

「たぶんそうねえ。蜘蛛を焼いたバチだ、と、よくおっしゃってました。蜘蛛ばかりが多い陰気な土地で、小さいころ遊びでよく蜘蛛を焼いて殺したんだそうですよ。でもって、娘の出来が悪いのも、自身のこんな生き様も、蜘蛛の呪いなんだから仕方ない、無意味に殺した報いなんだ、バチなんだ——酔い過ぎるといつもそんなことをおっしゃってました。蜘蛛だけが死んで巣だけが残ると、その巣にかかった虫は、逃げられるでもなく食べられるでもなく、中途半端な運命にぶらさがるだけだから、私もそうなんだって。よく言ってました。だから蜘蛛を題材とした、暗い句をよく作ってました」

　徳島が千葉になり、医学博士が警察官になっている。だが失敗作だのサンブだの俳句だのコーヒーでうがいだの、キーワードは決定的に合っている。身を寄せられたり逃げられたり、ミスミ本人の挙動にもよく似て、もどかしさが私を揺さぶった。意地悪く出し惜しみされる謎に誘惑されて、まだまだ引きずられていきそうな予感を感じた。

「あらあなた、お待ちなさい。これが出てきました」私に一枚の葉書をくれた。「明美さんが病院から送ってくれたものが、さっきの束の中にあったの。いまはこれだけお持ち帰りください。あなた、ご親戚の方でしょう。お求めの、句集はどうされます」婆さんは立ち上がって外まで出て見送ってくれた。

句集など、どうでもよかった。私は大学の名刺をおいていった。


帰りの地下鉄で、私は老婆から受け取った葉書に目を通した。が、すぐに照れくさくなってそれをしまい込んだ。頭を掻くような、気恥ずかしさを感じた。

勝手ながら、私はミスミの母親を、昭和の立派な大人の女、ととらえていた。だから、崩し文字で書いたような流麗な大人な手紙だと思い込んで葉書を見た。だが実際のものは、楷書で書いた不必要に大きくて丸っこい、幼稚なやわらかい文字で、「検査は終わりました。まだまだかかります。むすめのごはん、申しわけないです。暗い病室でいやになります。またすぐにおくります。37度3分です」と書いてあった。あまりに下手糞な字で、身内の汚点を見たように、やけに恥ずかしくなって、私はすぐに裏返して仕舞い込んだ。その気恥ずかしさが私を目覚めさせ、これまでのすべてを思い直させた。

この年齢になってまで、女というものを自分がいかに知らないか、徹底的に思い知らさせられた。ミスミについても、その母親についても、私は完全に取り違えていたらしい。勝手な典型にあてはめて、それで満足していたらしい。——映画の登場人物じゃないんだぞ——泥臭く生存していた人間として、まったくとらえていないじゃないか。

なにがマイ・ルールだ。私はいくら年齢や経験を重ねても、騙しやすい無知の童貞と大差なかった。ちょろいもんだ。ミスミは私の未熟を知り尽くしていたのだろう。ミスミ、君はあの頃の数年間、母親の再生機関であったわけだ。伝達。ミスミは単なる孤点ではなかった。連続してひかれている線の一部なんだ。our age。ミスミ、それで君自身は何を残したんだ。

14

私はその映画館を一年勤め上げて、就職活動が始まる前にやめた。退職については、一ヵ月前に社長に伝えておいた。アルバイト同士で飲みにいく文化もなく、よって送別会などあるわけもなく、淡々と最後の日を迎えた。「また映画でも見に来ればいいよ」海原さんにすら、そうあっさり別れを告げられた。もう進藤もやめていたし、沼崎さんも、そしてミスミも消えていた。私が最古参だった。

最終日、いつもは姿を見せない社長が現れたのには驚いた。

「今日が最後だろう。ちょっと来いや」

そう言って、私のアルバイトが終わると、外に連れ出した。まだ午後の三時で酒という時間でもないし、と思っていると、近くの喫茶店に連れて行かれた。「コーヒーでいいよな」と有無を言わせずに注文し、すぐ煙草に火をつけた。そういえばこの店でもミスミはカレーを二分でたいらげたことがあった。

何の話をするのか、私は気が気でなかった。そもそも共通項などないし、私はどんな大人ともじっくり会話をする機会などなかった。

「しっかし、今の日本は腐っているよなあ。政治家連中をみてみろよ、やつらが駄目にしているんだ。自分のことしか考えてない。そもそも俺たちのころは、公私の公のために生きるべきだと教えを受け……」

社長がいきなりそんなことを話し始めるのには驚いた。が、一方で助かったと思った。これで私からは何も話題を振らなくてもすむし、気まずい時間が流れなくてすむと胸をなでおろした。

それにしても、最後の私へのはなむけとして、日本の行く末の話はあまりに唐突過ぎた。私の退職と何の関係もなかった。とにかく社長は「この国は腐っている」という話を延々とした。自分としては、アルバイトで得たものは何かとか、就職活動への覚悟だとか、社会人生活に向けての小言でも言われるのかと構えていたので、すっかり拍子抜けしてしまった。「日本がさあ」などと語尾を伸ばして嫌そうに話をされても、こちらとしてはうなずく他はなかった。この人はやはり昭和な人なんだなと思った。

長くなるかと覚悟していると、社長は煙草を吸い終わり、コーヒーを一気飲みすると、

「ま、こんな話、ずっと聞いてもつまらんだろうからな」

とさっと切り上げ、立ち上がってレジへと向かった。私はあわてて追いかけた。十分と経っていなかった。社長は会計をあっさりすまし、

「ま、今後もがんばれや」

それだけ言って、喫茶店を出たところであっという間に背中を見せて別れた。私が頭を深々と下げ、顔をあげたときには、もうずっと先の路地にその背中が曲がるところだった。結局その後、社長とは二度と会うことはなかった。

その後ミスミにも一度だって会えなかった。携帯電話もSNSもない当時、「連絡先の交換」などという軽々しい行為は存在しなかった。会えなくなることは、ミスミのすべてを失うことを意味していた。私は最終勤務の帰り道、宇宙にひとり取り残されたような、カントール集合の単なる一要素の、あまりに細小な木屑になったような気がした。

「来ればいつでも映画は無料《タダ》で見せてやる」そう言われていたのに、私はその後、就職活動や論文提出などいろいろあって、結局残りの学生時代は一度も立ち寄ることなく縁遠くなってしまった。ミスミとの残念さを遠ざけている部分もあったかと思う。

就職してずいぶん経ってから、会社帰りにネクタイをしめたまま映画館に寄ってみたことが一度だけある。客として入るつもりが、浅見さんも海原さんもいて、覚えていてくれた。海原さんは私を映写室に入れてくれた。やめて五年以上が経っていたが映写室に変わりはなく、あいかわらず映写機はうなりをあげ、時代に完全に取り残されているように見えた。

窓口の浅見さんも現役で働いていた。私の顔をみるなり、

「社長が死んじゃってね。あなたがやめてすぐだったわよ」

と教えてくれた。私は驚きを隠せなかった。あれだけ頑丈そうな人間が、もうすでに存在しないことが信じられなかった。

「社長が死んで、この映画館も潰れるところだったんだけどね。今はなんとかやっているの」

ふっと魔が通るような感じで、ミスミのことを聞いてみる気になった。帰り際、退屈そうに椅子に座っていた海原さんに訊いてみた。

「ミスミはどうしました？　ご存じですか」

「殺されたよ」海原さんは平然と答えた。

「殺された？」

「うん、殺された。だって、そもそもそんな雰囲気の女だったじゃないか」海原さんまで、そんなことを言った。

そのあともつらつらとミスミについて、私は遠い国の戦争の話を聞くように聞いた。海原さんは奥からわざわざ取っておいた当時の新聞をもってきて見せてくれた。そういうものをわざわざ保存しておいて、こんな時に大げさに見せてくれるのがいかにも海原さんらしかった。七行程度の小さな記事で、「ひとりの女が殺されただけ」といった印象の記事だった。ミスミの名前は「四軒屋智恵《しけんやちえ》」とあり、珍しい苗字だと知った。重い苗字が嫌だから仲間にも名乗らなかったのかもしれない。

海原さんが言うには、ミスミは私がやめたあとすぐに、正式に退職を申し出てきたという。その後、留年を重ねたうえで大学は卒業したものの、就職もせずぶらぶらしていたらしい。そのうちどこかの街で引っかけられた男と二人で暮らすようになり、それでいて半年後、束縛される面倒に愛想が尽きて出ていこうと決心したところを男と激しくもめて、すがりつく相手に首を絞められて殺されたという話だった。新聞記事にさえ同情を読み取れない、そんな残念な死だった。いかにもミスミに到来しそうな運命だった。

私は何も感じられないでいる自分に、時の流れを感じた。私にとってミスミは封印された過去であり、悲しみが到来するには少し長く鍵をかけすぎていたきらいがあった。

妙なことだが、私はさばさばした気分で映画館を後にしたのを覚えている。それ以降、映画館の前を通ることすらなくなってしまった。

15

大学に職を移してからもう十年になる。研究室も受けもつので、早くも百人近い卒業生を送り出したことになる。まれに卒業後も付き合いが続く仲の良い代があり、同窓会だなんだと時折誘ってくれる。自分が参加しても邪魔にならない時を見計らって、顔を出すことがあった。

四年ほど前に卒業したグループが、九十九里で一軒家を借り切って泊りがけでバーベキューをやるというので、学期の始まる前の暇な九月だったこともあり、参加することにした。卒業生は車で行くようだったが、私はひとり電車を選んだ。

千葉駅で乗り換え時間があったので私は書店に立ち寄った。この先の移動がまだ長いので、なにか手軽な読み物が欲しかった。小説ではなく随筆のようなものが良かった。あてもなく本棚を眺めていると、藤原正彦氏の『若き数学者のアメリカ』を見つけ、思わず手に取った。かつて浅見さんに推薦された本をいまさらながら手にしたことになる。

いざ列車に乗って文庫本を開いたとき、気がついた。ミスミの母親は昭和の人間には珍しく、国立の女子大で数学を専門にしていた。著者の藤原氏の当時の所属がまさにそうだが、国立の女子大学で数学科を有するのはお茶の水女子大くらいなものではないか。あのとき気づいておけば、それだけでミスミと十分に話ができただろう。本を読む気もうせてしまった。私はだらしなく列車に揺られた。生きていくうえで好都合な様々なヒントは、要領よくばらまかれているのに、それに気づかない不注意がくやしくてならなかった。

九十九里に出るのは初めてだった。千葉から成東に出て、駅前からコミュニティバスに乗る方法を事前にネットで調べてあった。海の気配を感じた停留所で適当にバスを降り、勘にまかせてぶらぶらと歩いて、途中、やる気のなさそうな寿司屋に入って昼食をとった。米の堅い寿司だった。昼の二時を過ぎた時間だったので、主人は暖簾《のれん》を下ろしてその後はずっと顔を伏せて洗い物をしていた。

海に出て、冷たい風が吹く海岸を遠回りして私は目的地に向かった。砂ばかりの風景が今の私には心地よかった。靴が汚れるのもいとわなかった。海岸を離れて大通りをまたぎ越えると、貸し別荘が点在する一帯だった。卒業生は先に到着していて、何人かが炭の火を扇いでいた。荷物を降ろした私は、すぐにも退屈した。酒の準備ができるまで、目の前に広がる運動場のような広場でのびをしていた。

「蜘蛛がやたらといますね」

同じように退屈している卒業生が来てそんなことを言った。確かに視線を上げると、木の梢やらテラスの天井の梁《はり》やらガレージの柱やらに、蜘蛛が巣を張っていた。どれも腹の太い立派な蜘蛛だった。

私は神楽坂の大家の婆さんの言ったミスミの母親の口癖を思い出した。「蜘蛛の呪いなんだから仕方ない」

陽のあるうちに肉を焼いてしまって、日没後は酒ばかりになった。寒い風が吹き始めた。酔いがひけるような潮風だった。そこへ誰かが大量の手持ち花火を持ち出してきた。季節はずれではあったが、全部消化するべく、めいめいが両手に数本同時に火をつけるような事態になった。

煙がやけにこもるので集団からは離れて火をつけていると、周りの木々に巣くった蜘蛛の糸が花火の光に鈍く光るのが見えた。私は花火でもって中心の蜘蛛を攻撃した。いたずらに騒ぎたいという気持ちでもなく、面倒に近い気持ちでもって、私は淡々と蜘蛛を焼き殺していた。蜘蛛は逃げることができず、自らの巣の上で焼かれて黒い塊になった。

「蜘蛛を殺したバチがあたったんだ」

ミスミの母親もこんなことをしていたのか。今の私はバチに当たろうが、不幸に落ちようが、どうでもかまわないと思っている。――


卒業生は夜遅くまで騒いでいたが、私は日をまたいだところで二階の四畳半にさがってひとり寝た。朝、震える寒さで目を覚ました。窓から庭を眺めると雨が地面を打っている。私は昨日の蜘蛛を不意に思い出し、初めて、残酷さに嫌な気分を抱いた。


若者たちは寝ていたが、つきあっていると昼過ぎまで帰れないので、わずかに起きている者に別れを告げてひとり帰ることにした。もともと幹事にはそう予告してある。朝一番のバスに乗り、松尾という駅から列車に乗るか、あるいは成田空港まで出るバスをどこかでつかまえて思い切って空港から帰るのも手だと思った。バスは田園地帯を進んだ。

バスが停留所の名を告げると同時に、バスルートの名称がアナウンスされた。

「山武市基幹バス」

表示板にはそう書いてある。山武とはこれまでの経路でもよく見たここらの地名だが、私は勝手にこの「山武」を訓読みで「やまたけ」と読んでいた。だが今のアナウンスでわかった。「サンム」と音で読むのか。神楽坂のアパートの大家が言っていた「千葉の方でよくサンブサンブと言っていた」というのはこのサンムが濁ったサンブではあるまいか。咄嗟にスマートフォンで調べてみるとサンブと濁音で呼んでいた時期もあったと書いてある。

様々な考えがよぎって思わず降りるバス停を通り過ぎそうになるところを、あわてて松尾駅で降り、急ぎで列車のホームに駆け付けた。あとはとりあえず隣の成東駅まで出て——

私はそこでひらめいた。

そうだ。鳴門じゃない。成東《なるとう》なんだ。ナルトという音だけでもって勝手に徳島の鳴門だと私もミスミも同じ早合点をしていた。そうだ、千葉の成東じゃないか。神楽坂の婆さんの話には間違いがないんだ。ミスミの母親はここから来たのだ。

そうなるともう落ち着かなかった。私は成東で飛び降りた。昨日以来、二度目の来訪だがまったく違った駅として目に映った。これはまた、ミスミの幽かな引力に違いない——逃してたまるか。

私はやけになっていた。神楽坂の婆さんのときと同じだ。そこいらの誰でもいい、とっつかまえてきいてみる気になっていた。実際に弁当屋と蕎麦屋に踏み込んできくだけきいてみたが、面倒な顔をされただけだった。ただ、蕎麦屋では、ぞんざいに応対されたものの奥に荻野という名前の布団屋があって、古くからいる人だし、昔はムラサキだからそこで訊けと言ってくれた。「四軒屋《しけんや》はムラサキの名前だ。あとはわからない。荻野できいとくれ」ムラサキとはなんのことかわからなかったが言われるままに従った。

布団屋は火で焦がされたような黒く煤けた古い店構えで、明かりはついていたが営業の実態は見てとれなかった。濁って透けないガラス戸を開け、私は声をかけた。奥には人間の気配がした。私は大声を出した。

「ここらに四軒屋という珍しい苗字の醬油屋があったかと思うんです。それを調べているんです」こんな唐突を許す田舎であることを願った。奥でテレビを見ていた爺さんが消して出てきた。神楽坂の婆さんと同年代だった。それだけ私は古い時代に首を突っ込んでいるのだ。

「四軒屋さん？　四軒屋さんはもう随分前には――」爺さんはシッケンヤと発音した。

「昔でいいんです。そういう醬油屋があったかどうか、それだけわかればいいのです」

「四軒屋さんがムラサキなのは確かだなあ。でももう古いですね。うちより前にダメになりました」白のステテコ姿のままの爺さんは、暗くてやけに広い三和土《たたき》まで出てきて古い石油ストーブに腰掛けて話してくれた。小気味よく丁寧な話し方をする気持ちの良い爺さんだった。

「ここいらでは醬油屋をムラサキって呼ぶんです。特には樽持ちの方をそう呼びます。うちも元は樽持ちですよ。今は布団屋になっちまってるけど、こっちは嫁の実家の方でね。うちも駄目になったけど、四軒屋さんの方が早かった。

樽持ちというのは製造専門で、売るほうはまた別なんです。売るほうはオロシと普通に呼びますがね、それと区別して、ここいらではいささか威張った感じでムラサキなんて呼んでたんです。でも空港ができたあたりかなぁ、オロシが野田とか銚子にもってかれたんです。それでダメになったねぇ。はじめのうちはオロシもわざわざ来てくれたけど、距離があるでしょう。結局面倒がって来なくなりましてね。樽だけもってても売れなきゃしょうがない。それで、たいがいやめちまった。四軒屋と、高田というのと、最後にうちの藤田、全部潰れた。まあ、それくらいしか樽持ちはいなかったからね。お互いライバルって感じはなかった。仲良くさせていただきましたよ」

「四軒屋さんに、明美さんという娘さんがいたかと思うんです。お茶の水女子大学を出ていて、当時としては女性の大学出は珍しいのでご記憶にないかと思いまして」

「明美ちゃんは有名ですよ。きれいで頭のいい子でね。ここいらでは誰でも知ってた。ろべっぴん、なんてあだ名がついてね。ロシアの血が入ってるとかでね、ロシアの別嬪さんで、ろべっぴん。背も高くてね、すらっとした白木のような人だった。品があってね」

「結婚しましたよね」

「すごくいい話があってね、医学博士の方と結婚されましたよ。親父さんは、はじめのうちは婿をとらせてムラサキを続けるなんて言ってましたけど、相手をみてさっさとあきらめちまった。医学博士ならムラサキなんてもういい、これがやめ時だと笑いながら言ってましたよ。うれしそうだったね。ひとり娘だったしな。家は継がなかったけど、職場の便利からか、ここに同居したよ」

「やはり医学博士の方ですか？　警察官といっしょになったという話も聞いたんです」

「あんたの方がよう知ってなさるなあ。それはあんまり良い話じゃない方」爺さんが急に滑稽《こっけい》に声を潜めた。「いや、結婚したのは医学博士だよ。でも医学博士ってのは、医者とは違うんだってね。往診するわけじゃなくってさ、確か大学の先生だったよ。東京だの、京都だの、外国にもよく行っていたかなあ。とにかく、よく家を空けたんだよ。明美ちゃんの方はこっちの高等学校で数学を教えてたからね。仕事を離れたくなかったのかな。とにかくそんななかで悪い虫がついたという噂だよ。あくまでね、噂」

私は悪い虫という形容に、思わず蜘蛛を想像した。爺さんはまだまだ話した。

「駐在がいてね。警察官ですわ。駐在ってのは普通は家族者だけどね、そいつは違ったんだ。そもそもこんな田舎の駐在になんて誰もなりたがらないから、何か事件を起こして左遷で来たんじゃないかって、よく陰では言われてたよ。

駐在は身体が悪かったね。精気のない男で、若いのに杖なんてついちゃってさ。入院明けで使い物にならないから飛ばされてきたなんて話もあったね。

でも女には人気があった。裏でヤクシャってあだ名で呼ばれてさ。色が白くって目元がきりっとしている。あんな非力そうなオマワリじゃあ、って男には言われてたけど、女連中は大騒ぎさ。よくない噂はいっぱいあったねえ。明美ちゃんもそのひとつだよ。本当のところは知らないけどねえ。でもな、明美ちゃんにはなかなか子供ができなかったのに、ヤクシャが来てから急にできたんだよ。医学博士があんだけ飛び回っているのによくできたね、ってところから、ありゃあやっぱり種が違うんじゃないかって噂になってさ。当時は遺伝子鑑定とか、そんなものはなかったからね。しかも育ってくると、どうも顔が駐在の方に似てないか、そんなことをみんな言ってね。口が悪い連中が多かったから、かわいそうだった。よく明美ちゃんは泣いていたよ」

「明美さんは、そんなだらしのない人だったんですか」

「とんでもない。しっかりした人でしたよ。都会ならともかくも、田舎だと高等学校の教員というだけで一目おかれて地元の名士みたいな感じでさ、先生先生と頼られるんだ。立派な人でしたよ。

でもあの人は、酒を飲むのが駄目だった。酒が入るとね、途端にだらしなくなるんだね。そこにつけこんだのがヤクシャで、誘って二人で飲んでいたのがよく目撃されてました。

医学博士も、そりゃあ専門家だからね、そのうち自分に種がないことを調べ上げてきてね、大騒ぎして結局は出て行ったよ。随分な慰謝料を払ったとも聞くけど、真相はわからない。さすがの四軒屋もそこは口にはしなかった。でも四軒屋はそれでつぶれたんだ。工場を売って金にしたらしいよ。今はインク工場になってる。明美ちゃんはさすがにいづらくなって出て行ったね。勘当されたとも聞くけどね。まだ小さい子供を連れてさ。東京の方にいっちまった」

「ヤクシャはその後、どうなりました」

「死んだよ。電車にひかれてね」

電車？　冷やりとしたものを感じた。

「自殺ですか」

「そういうことになっているよ。でも、よくわからないんだ。かなり酒は飲んでいたみたいだけどね。こう、レールを枕にして、線路に横になっていたらしいんだけど、ちょうどカーブの先でね、見通しが悪くてブレーキが間に合わなかったらしい。酔って寝ていた過失なのか、覚悟を決めた結果なのか。

その頃のヤクシャは身体もずいぶん悪かったと聞くから、悲観したのかもしれないね。ただね、ヤクシャは目を病んでいたんだ。隠していた先天性のなんとかという目の病気が再発したらしくてね。もうその頃は片方を失明していて、満足に前も見えなかったという話もあってね。そんなに目が悪いのに、酒を飲んだあと、遠い線路までひとりで行けるものかね、といぶかしむ人が多かったな。警察は身内だからさっさと自殺で処理を済ませたけどさ。でもヤクシャのやつ、誰かに連れられて行ったんじゃないかなんて話も出てね。すると当然、明美ちゃんがやったんじゃないかってひどいことを言うやつもいたよ。でも、もうそのころ明美ちゃんは家を出ていたからね。そんなことはありえないよ。ただの悪い噂だよ。

ヤクシャは何か書き物をしていて、それが副業だって管内ではにらまれていたらしかったけど、結局それがものにならなかったから自殺したんだって話もあったよ。小説か何か書いていたらしいけどさ、田舎じゃよくある話だよ。病気だし、もう出世も到底ないしさ、片田舎で人生大逆転を狙うとしたらそんな程度のものでさ。馬鹿な話だよ」

「最後に明美さんを見たのはいつごろですか」

「それがねえ、誰に教えてもらったのか、そのヤクシャの葬式に、来たんだよ、明美ちゃんが。娘の手を引いてね。驚いたなあ。葬儀の日にちどころか、死んだことすら知る手段があるとも思えないし、わざわざ親族が教えることでもないだろうしね。みんながおののいて、一歩引いて明美ちゃんを見ていたよ。悪い噂を払拭するために顔を出したんだ、なんて言うやつまでいてね。しかしまあよく来たよ。まだ小さい娘にも黒い服を着せてね、荷物でも引っ張るように乱暴に手を引いて焼香してたよ。なんか覚悟を決めたような、青白い顔をしていたなあ。怖いくらいに美人に見えて、周囲が息を詰めるほどさ。でも、実際きれいだったよ」

「それが最後ですか」

「そうだねえ。それが最後だった。ご両親の葬式すら顔を出さなかったよ。勘当ものだったからね、顔も出しにくかったろうけど、でも、ヤクシャの葬儀には出たんだよねえ」

爺さんはふと立ち上がって、ビニールに包まれた商品の枕をひとつひとつ確認し始めた。それでいながら、話は続いた。

「でもいま思うとねえ、明美ちゃん、ヤクシャに惚れていたんじゃないかと思うんだよね。あの頃は、やれ酒の勢いだ、やれ夫のいない寂しさだなんていわれたけどね。だいいち、医学博士は学歴は立派だが、どうもよく聞くとただの下働きで、教授だの助教授だのになれる器じゃないらしくてな。まあ、だまされたようなもんさ。

あれでいて明美ちゃんは気立ての良いかわいらしい真面目な女なんだ。二人は話も考えもなにも、よく通じ合ってる感じだった。気が合ったのかね。はじめは、酒の勢いだけでそれに応えちゃったんだって思っていたけどね。不器用な人なんだ。人のお願いごとは断れない人だからね。ヤクシャの野郎、うまく丸め込みやがった、なんてね。

でもねえ、いま思うと、明美ちゃんはそんな軽い女じゃなくってね、明美ちゃんは明美ちゃんで惚れていたんじゃないかと思うんだよねえ。なにかこう、医学博士とは違う何かをヤクシャに期待していたような節がある。こればっかりは、もうわからないけどさ。

ヤクシャの葬式のあったころから、時代が変わっちまったね。四軒屋はそんなわけで駄目で売り払ったし、うちの藤田もムラサキはもう駄目だってんで、急遽嫁さんの布団屋をさ、思い切って俺はついだわけだ。でも布団なんか、知識も何もないだろう。そっからが大変で、まずは問屋街への挨拶から始めてさ……」

私は爺さんの話を義務として聞いていたが、私の中では、このミスミの母親の人生の軌跡という幽かなものが、か細く静かに訴え叫ぶその声を、なんとかひとことも聞き漏らさずに後生大事にこのままもち帰りたい、そんな気持ちだけが渦巻いていた。

長い爺さんの武勇伝が終わり、断ったのに大きな羽毛の枕を土産だと無理に持たされ、その店を後にした。みんな、自分の人生の話をしたがっているのだ。聞いてくれた私へのお礼なのだろう。

私は大きな枕を抱え、列車に乗った。ミスミの母親に思いをはせながら、胸に抱えた枕のやわらかさに顔をうずめた。あたたかいやさしい母性のような香りがした。窓の外を眺めると、雨上がりの寂れきった風景が流れていった。ミスミの母親も、幼いミスミをつれてこの列車に乗り、東京に出たのだろう。またもや昨夜の蜘蛛が思い出された。

運命のキックは続いている――私の扉はたたかれているのだ。はじめの小さなキックから、とうとうここまで来た。そしてどこまで連れていかれるのだろう。どんな使命なんだ、これは。ナルトもサンブも、判明してみれば、ひどくつまらないことだった。ミスミの塔も、思いもしない簡単なことで見つかる気がしてならなかった。私は大きなものに身をゆだねる気分でいた。

16

その日、私は塔の写真のコピーをポケットに入れたまま、学生食堂で食事をしていた。勤務先の大学付属図書館で調べ物をした帰りだった。少し詳しい築塔関連の書籍が所蔵されていることを知り閲覧に行ったのだが、結局まったくの空振りに終わった。自分としてはそれで一段落ととらえ、部屋に帰ったら、塔の写真はまたもとの机の引き出しの奥にしまい込むつもりだった。

食堂の隅で定食を食べていると、隣に同時期に大学に来た電子工学の准教授が座った。同じ職位で年齢も近かったから、大学で唯一私が口を利く仲だった。彼も同じ定食を食べた。我々は食事をしながら互いの近況を交換した。

自分の食事が終わるころにふと、電子工学の人間であれば、電力の配線に詳しいのではないかと思いついて、胸のポケットに折りたたんでいた塔の写真のコピーを取り出して、彼に見せた。

「実はこの塔について調べなくてはならないんだ。何かわからないか？」

彼はじっくりとその写真を見た。眺めながらも食事の手は休めず、フライをかじり、飯を頬張り、みそ汁を片手で飲んで食事を完了させた。

「実はね」彼はみそ汁の具を飲みこみながら言った。「我々の専門だと、結構、鉄塔マニアってのがいるんだ。電力配線をずっと追いかけるマニアさ。だから詳しい奴らは多いし、実は僕もある程度は詳しいんだ」

私は初めて光を見た気がした。もっと早くから彼に相談すべきだったのだ。

「どうだ、何かわからないか。いや、君がわからなくても誰か詳しい人を紹介してくれるだけでもいいんだ」

しかし彼はあわてず、「残念ながら」と言って私に写真のコピーを返した。「わかったことはただひとつさ」

「いや、そのひとつでいいんだ。教えてくれ」

「そのひとつというのは」彼は肩をすくめてみせた。「何もわからない、ということさ。この塔についてはマニアに聞いてもわからないのは確かだ」

「なぜだ。どうしてわからない」

彼は丁寧に説明してくれた。

「これはマニアが好む電力配線のための鉄塔ではないからだよ。簡単なことさ。よく写真を見てみろよ。君でもそれくらいはわかるはずだ。塔は立っている。でもその塔から一本の電線も出ていないだろう？　つまり外部へと配線されていないということだ。だから送電や配電用の塔ではないよ。つまり、ひとつわかるのは、これは我々の専門外の塔ってことさ」

そうか、簡単なことだった。私はそんな基本的な分析さえできていなかった。呆然とする私を残して、彼はこのあと会議があるといって小走りに去って行った。私は彼の背中に向けて礼を言った。

教員室に引き上げて、あらためて塔の写真と真剣に向き合った。今まで自分は、この写真をただ眺めていただけに過ぎない。なにひとつ、頭で考えていなかったのだ。頭は帽子をかぶるためだけにあるわけではない。私だって今や研究者のはしくれだ。少し真面目に追求してみよう。

電子工学の彼が言うように、鉄塔には何の配線もつながっていなかった。スタンド・アローンとでもいうのか、ただ立っているだけである。確かに送電用の鉄塔ではないことはすぐわかる。

さらに頭の中を整理した。同じように消去法でいけばいい。鉄塔に他の役割として何があるかといえば、すぐに思いつくものに電波塔としての機能がある。つまり有線ではなく無線の塔だ。携帯電話の基地局としての鉄塔を思い出せばよい。しかし塔の写真をよく見ても、電波塔に見られるアンテナ群の機器がひとつも見出せなかった。パラボラ風のアンテナも、棒状のアンテナも、両方ない。

他に鉄塔にはどんな機能が求められるだろう。排煙塔なら側壁が必要だ。この塔は壁のない、網目構造だ。もちろん煙も頂上から出ていない。あとは管制塔や火の見櫓くらいしか思いつかないが、頂上に人間が出られる展望構造がない。

結局のところ解決はできず、私は机にひじをついて耳を掻いた。親指でも噛みたい気分だった。塔について、何も進展が望めそうになかった。

いや待てよ。もう少し考えることがあるだろう。塔の種別だとか、どこにあるかだとか、そんなこととはまた別だ。私は塔の写真の意義についても、あらためて考え直してみる必要があるんじゃないのか。私も、そしてミスミ自身も、この塔の写真を、母親がミスミを殺しそこねた後悔の楔として、とらえていた。だが、もう一度疑ってみてもいい。そんなもの、大事に残しておくものだろうか。写真を撮る意志からしてわからない。残念さだけが胸を占める時に、写真など撮ろうと思うものだろうか。しかもなぜファインダーは塔を選んだのだ。

「母親はなぜミスミを殺そうとしたのか」それは当時から謎だった。たかが出来が悪いというだけで、娘を殺そうとまでするとは思えない。——が、偶然にも成束で、なにかしらの解決に展開できる材料は得た気がする。しかも、いくらでも悪い想像に展開できそうな重い闇でもある。ただ、私はそんなところに踏み込む気はなかった。母親が母子で心中しようとしたのか、ミスミだけを殺して自由に旅立とうとしていたのか、ヤクシャも含めてその血を絶やす大々的な復讐をしようとしたのか、そんなことは、どうでもいい。

「なぜこんな写真を残したのか」それだけが私は知りたい。それは「なぜ殺さずにすんだのか」「なぜ二度目はなかったのか」にも連なる理屈に違いない。そこに、塔の写真を残した意義があると思おうじゃないか。「our age」そんな暗い時代の経験だけが、大仕掛けに時代をまたいでまで伝えられるキックでは決してない。まだ埋もれているヒントがどこかなにげないところに潜んでいるんだ。まさかとは思うが、まだまだ私の中にだって埋もれているのだ。耳を澄ませよ、おい。

17

遅い新幹線で出れば岡山までは到達するが、その先、四国の松山までの足がなかった。前に約束してしまった学会の仕事に協力するには、松山に午前に顔を出す必要があるのだが、大学の会議が前日に入り日程が成り立たない。訳を言って会議を休むのも気が重いし、嫌いな飛行機に朝一番に乗るのも億劫に思えた。

どうしたものかと悩みながら策がなく、ぼんやり部屋でつけっぱなしにしていたテレビをみていた。衛星放送の映画で、俳優のアラン・ドロンが上半身裸で船を操っていた。ずいぶんと古い映画だ。この「太陽がいっぱい」は他人のサインを壁に大きく映し出して偽造の練習をするシーンだけを覚えていた。

ストーリーを追うでもなく海のシーンを呆然と眺めていて、「そうか、船という手があるか」と思いついた。確か大阪を夜に出て朝に愛媛に着くフェリーが出ているとどこかで見たことがある。ネットで調べてみると大阪南港を二十二時に出て東予《とうよ》港に朝六時に着く。会議が終わってからでも新幹線で大阪まで出ればよいから、問題なく行けるだろう。しかしアラン・ドロンから松山行のフェリーを思いつくなんて奇抜だと我ながら苦笑した。

予定通りに船に乗った。船は揺れることもなく快適に過ごした。船内には風呂まであって浴びて酒飲んで寝て起きたら四国だった。東予港からは連絡バスで松山市に向かう。他の多くの客は船内での眠気を引きずって寝ていたが、私は完全に目覚めてしまって朝もやに煙る車窓をぼんやり眺めていた。

国道33号線を走るバスが市内に入ってすぐ、小さな川を渡る橋の上で速度をゆるめたとき、脇にたたずむ真黒な平屋の建物が目についた。何かの博物館に思えた。同じく黒に塗ったガレージには古い乗用車が納まっている。展示品だろうか。興味をもった。

学会の仕事は午前で終わる簡単なものだった。駅に出て昼食をとり、列車の時刻を調べたりしたが、そのまま帰るのも野暮だと思った。かといって、松山は何度か来たことがあり、特に行きたいところもない。そこで、どうせならさっきバスから見かけた博物館に行ってみるかと思い立った。

市バスでは見当がつかなかったので、伊予鉄に二駅ばかり乗ってスマホの地図を頼りに歩いてみた。思ったより遠く、道に迷って苦戦したが、どうにか黒い屋根にたどりついた。

そうか。ここが「伊丹十三記念館」か。図らずも、たどりついてみたら、また映画だ。アルバイトしていた当時、好きな映画監督として私が唯一名前を挙げることができた人だ。これまた不思議な縁である。私は金を払って中に入った。平日の昼で来客は私だけだった。

展示は興味深く見た。中庭を眺めながらコーヒーを飲み、静かな気分に浸れた。帰る前に気になった展示をもう一度おさらいしようと戻った先、ビデオ素材の展示として、「タンポポ」という映画のワンシーンから抜き取ったものが繰り返し流されていた。伊丹十三らしいサブストーリーの小シーンで、私も鮮明に覚えていた。

医者が付き添うほどの危篤で寝ている妻に、息せき切って走って帰ってきた旦那が、「寝てたら駄目だ。死んでしまう。そうだ飯を作れ」と命令して、病身起こさせて炒飯を作らせる。妻はいつも通りに炒飯を作り旦那と子供たちがうまそうに食うところを見納めて、バタンと倒れて死ぬ。「死んだかーちゃんが最後に作った飯《めし》だ、冷めないうちに食べろ！」冷たくなった妻の前で、旦那は子供たちとかきこむようにして泣きながら食べる。シリアスながらも滑稽な挿小話だった。

「泣きながら飯を食っちゃ、だめだよな」


ふっと、映写技師の海原さんがこのシーンを引き合いに出してそう言ったのを、ありありと今、思い出した。

「映画としては最高なシーンだけどな。でも、飯食いながら泣くって人間にとって一番みじめじゃないか？　映画だからいいけどさ、現実でさ、泣きながら飯を食っちゃ、だめだよな」

海原さんは映写室の小窓からスクリーンを見やりながらそう言ったのだ。青白く反射で照らされた目の細い横顔が思い出せた。ただその言葉は当時の私をとらえることはなかった。自分には無関係なみじめさだとやり過ごしていた。泣きながら飯を食うべきではない、そうか、覚えておこう。それだけだった。

いや、違うぞ。これもまた余震でしかない。どこか本震に、導かれている。この場所に来たことが、第一そうじゃないか。アラン・ドロン、船、松山、伊丹十三、タンポポ、泣きながら飯を食っちゃだめだ——ただの偶然には違いない。今の私の思考が一定の方向に明確に向いているから、周りの物事が都合よく整理できる気がするだけなのだろう。たとえて言えば、二つのカントール集合の衝突は理論的に決定的に決まるはずだが、それぞれの要素の実際の衝突は偶然的にとらえられるに違いない。ただそれにしても——

「お母さん、泣きながら食べてたなあ」

またまたふっと、ミスミがそう言ったのを、ここにきて突如思い出した。——まだ、あいまいな記憶だ。私はあわてた。いつ、どんな時にミスミは口にしたのだっけ？　いつどこでなにを食べながら泣いたのだ？　思い出せ思い出せ。私は腰をおろせる場所を探した。焦燥に汗さえかいた。ひとり静かに腰を下ろして脳を使った。覚えているはずだ、確かに覚えているんだ。夕暮れ、塔を探しに行った帰り道、線路わきの道、湿り気のある風が吹いていた感覚すら覚えている。もう少し、あと少しだ。思い出せ、思い出すんだ。すべてを後にした帰りの新幹線でも、私はずっと自分を掘り下げ続けた。なにか幽かな音が、近づいてきている。

18

企業への学生の就職の面倒をみることも、私の仕事の一部になっていて、ある時期が来ると挨拶回りのようなことをやる。たいていは企業側がこちらに出向いてくれるが、不景気で買い手市場が続くなかでは、こちらから出向いて求人をお願いするようなことも大学教員がしなければならなかった。面倒な仕事には違いなく、億劫がる教員は多かったが、逆に私はそういったことで時間を埋めたかったのでその役目を買って出た。

あるとき、私はある電機系企業の訪問を終えて、担当者に門まで送ってもらって帰るところだった。東京郊外の、工場も併設した広い敷地で、訪問したビルから出口まででも相当な距離があった。私と担当者はとりとめのない話をしながら歩いていた。

ふと見上げると、向こう正面に塔が見えた。残念ながら鉄塔ではない。しかし私はやはりミスミの鉄塔の写真のことを思い出した。

その塔はコンクリート製のもので、それなりの高さがあった。灰色一色でミスミの塔とは何から何まで大きく異なる。目の前の塔は、四角柱が伸びた先の頂上に、ちょっとした小屋めいたものが置かれていた。その塔は訪問する電車の中からも見えた。近くにある飛行場の管制塔だと思った。しかしいまこうして近くで見ると、その塔はどうやらこの工場の敷地内にあるらしい。私は去り際に担当者に聞いてみた。

「あの塔はいったい何の塔なんでしょう？」

「ああ、あれですか。よく聞かれるんですよ。電車からも見えますからね。飛行場の管制塔や、近くの刑務所の監視塔と勘違いする人も多いんです」

担当者はそう言った。では、いったい何の塔なのか。

「でもあれは違うんです。我々の工場の実験塔です」

「実験塔？　あれは、実験に使われるものなのですか？」

そんな種類の塔があるのかと目が覚める思いだった。

「ええ、そうです。あれは、エレベーターの実験施設なんです。エレベーターは我々の主力商品なんですよ」

――エレベーターの実験塔！

そうか、そんなものがあるのか。意外な落ちを聞いた気がした。確かにエレベーターの機能実験を行うには、高層ビルに擬した背の高い実験施設が必要なはずだ。だからそんな目的の塔がこの世には存在するのだ。私は深く感心した。まさかとは思うがミスミの塔もそれに近いものではないだろうか。

担当者は電子部品部門だから、それ以上のことはわからなかった。しかし私にはもう十分だった。挨拶をして別れると、家に帰る予定を変えて、急ぎ足で大学に戻った。すぐにでもミスミの塔の写真をもう一度確認したかった。

大学に着くと机の奥から写真を引っ張り出した。気がはやるのを抑えつけながら、じっくりと塔の写真を見た。さっきの工場で見た塔と、色も形状もずいぶん違うのはわかっていた。

だが写真をよくみると、塔の中心部には何らかの機器が上下できる矩形《くけい》のスペースが空いているようにみえた。エレベーターの実験塔、これに賭けようじゃないか。私はインターネットブラウザを立ち上げた。キーワード一発。画像検索結果としてミスミの写真の塔が出てきて私は思わず腰を上げた。手を打って、自分の手柄を褒めた。

画像は、都市機構技術研究所と呼ばれる施設のエレベーター実験塔だった。住所を調べた。すぐにわかった。八王子駅からＪＲ八高《はちこう》線に乗って一駅目の北八王子駅に隣接していた。線路脇には、地図上でもはっきりとわかるまっすぐな道が延びている。

私はいても立ってもいられなくなった。

19

朝から晩秋の気配を感じる乾いた天気で、雨の心配はなかった。ゆるく風が吹いていた。私は何の事務仕事も宿題もなく、呑気な時期だった。

八王子駅まで出ると八高線を待った。同じ駅を出発する中央線に比べると発車本数が桁違いに少なく、「東京唯一の地方ローカル線」、そんな呼ばれ方をする路線だった。一方、鉄道ファンに愛される路線でもあった。その点で私は助かっていたのだ。私がネットで見つけたエレベーター実験塔の画像も、マニアによる八高線沿線案内として作られたページにあったものだった。列車からも塔は見えるらしかった。

すでに入線していた短い編成の車両に乗り込んで、私は発車を待った。あとたった一駅なのだが、その一駅がもどかしい。私は立ったり座ったり落ち着きがなかった。ふと気付くと親指の腹を噛んでいたりした。

北八王子駅は、何もない駅だった。隣駅の八王子駅の喧騒から比べたら、何十キロも旅して辿りついた地方駅のようだった。両出口とも北八王子工業団地と呼ばれる地域で、巨大な工場に囲まれていた。昼間の今、自分以外にこの駅で降りた人間はいなかった。

跨線橋《こせんきょう》を渡り、東口に出た。ここから先が、ミスミとその母親の思い出の地のはずだった。

私は、ミスミの記憶にも残っていた直線道路を歩いた。なぜか私も遠い昔にここを歩いた記憶があるような気がした。

目の前に、あの写真通りの塔が立っていた。塔は私を待ち構えているように見えた。私は想定していたよりは落ち着いていた。ただ、ここまで来た自分を、誰かに褒めたたえて欲しい気分だった。私はミスミと連れ立って歩いている妄想にかられた。自然とひとりごとが口をついた。「とうとう来たぞ。来たじゃないか、おい」

私は自分のものではない他人の思い出の引力に従って淡々と進んでいた。塔は見上げれば単純な塔でしかなく、私にとっては慣れ親しんだ旧友のようだった。塔の横もあっさり通り過ぎ、直線道路も歩ききってしまった。道は線路と大きな工場に挟まれた道で、脇道もなく、他に通行人は一切いなかった。

直線道路の行きついた先は、業者の土砂置き場で、さらにその上を中央道の高架が走り、八高線と交差していた。道はまっすぐ行けずに右に直角に折れて、工場の側壁に沿って続いているだけだった。見上げた高速道路の上からは、車体は見えないものの、走行音だけがやむことなく聞こえた。八高線は自分のいる道路と別れを告げて中央道の下をくぐり、そのまままっすぐ林の中に消えていた。フェンスが遮り、この先もう線路に沿って歩くことはできなかった。

私は逆戻りして歩き始めた。駅から塔を通り過ぎてきた道をたどる格好だから、帰り道でもちょうど塔が真正面に見える。見上げて、はて、実はここが母親が撮ったカメラのアングルではないか、と直観的に気付いた。実際に写真と比べてみると、角度も何もかもが一致した。

ここでミスミの母親は写真を撮ったのだ。なぜにこんなものを記念として写真にまで収めたのだろう。痛みの伝達？　それだけのために写真を撮るものだろうか。ここにきても動機がわからない。いや、でもわからないといえば、私自身の動機だってわからないじゃないか。私はミスミの写真だけを頼りに、こんなところまで到達したが、何のためにこんなことをしているのだろう。ここに来て何が満足だというのだろう。

直線道路と鉄道の線路との間には、背の低いコンクリート製の柵がしてあった。ここもまた井の字形に組みあわされた柵だった。

私は遠くの電車の音、あるいは踏切の音に耳をすませた。かすかに遠くを通る自動車の走行音だけが聞こえた。覚悟を決めて、私はかつてのミスミのように、柵を乗り越えて線路に出た。八高線は本数が少ないが、許されない行為ではある。

私は寝そべるようにして、耳をレールにつけた。レールは思ったよりも生暖かかった。冬に来ればミスミと同じ冷たさを感じられたであろう。残念だった。肝心の音は、貝殻を耳に押し当てた程度の、かすかな空気音が聞こえるだけだった。私は苦笑した。自分でも意外なことになんの感慨もなかった。もういいだろう。気はすんだんじゃないか。

馬鹿なことをしたと思った。もうこんなことで感傷的な気分になる年齢ではなかった。私はまた柵を乗り越えた。乗り越えるとき、年齢のせいか、足があがらず、前のめりになって危うく頭から落ちるところだった。そのとき、胸のポケットに入れていた写真が落ちて風に吹かれた。私はあわてて追いかけた。

写真はその角端を線路脇の砂に差し込むように、立って止まって待っていた。私はすぐに追いつき手に取って砂を払った。大切な写真が、すっかり汚れてしまった。私は自分の無能を呪った。こんなことで意気消沈してしまった。

私は駅に戻った。改札を通り、ホームに出た。疲れ切っていた。私は自分の爪をみながら列車の到着を待った。列車はなかなかこなかった。時刻表をみると、次の電車まで十分はある。

その十分が待てないほど、私はひどい空腹を感じた。緊張を緩めた途端に生じる空腹らしく、音が鳴るほどの飢餓に悩まされた。素直に、カレーライスが食べたいと思った。ミスミのように何も考えず、猛然たる勢いでスプーンが音をたてて皿の底に突き当たるほどに、かきこんでカレーを食べたいと思った。

次の列車にすればよい。せっかく入った改札を出てしまって、逆側に降りてみた。目の前に、絶好な大衆食堂があった。パイプ椅子が並ぶような簡素な食堂だった。私はメニューも見ずにカレーライスを頼んだ。

「泣きながら飯を食っちゃ、だめだよな」

乱暴に置かれた揺れる水を飲みながら、私はなんとなしにまたそんな言葉を思い出していた。泣けるものなら泣いてみたい気分だった。

母親が残した一枚の写真。our age。情報は伝達だ。生きることは伝達だ。誰も見ない映画。カントール集合、その衝突。our age。医学博士、警察官、成東、山武、蜘蛛の祟り、our age。どんな時代だというんだ？　私の頭はあちこちをさまよった。泣きながら飯を食っちゃだめだ、ヤクシャ、夕暮れの塔、レールの音を聞きなさい。


「お母さん、泣きながら食べてたなあ」

円盤を投げてよこすような雑な勢いでカレーライスが目の前に置かれた。黒い色のカレーだった。すべてが形を失うほどに煮詰めてあって、コロリと肉だけが散らばっている。それを一度口に運んでみたら、スプーンが止まらなくなった。ひどく、うまかったのだ。久しぶりに、飯をかきこむように食べた。

「カレーライスが食べたいんだ。お母さんと塔を見たあと食べたカレーライスが死ぬほどおいしかったんだ。それがもう一度食べたい」

なんだよ。そうだ、これがミスミの言っていたカレーライスじゃないか。ここはまさに、ミスミの求めていた食堂じゃないか、馬鹿。私はあっさり食べ終えてしまう直前、最後のひとくちだけは、感慨深く、ゆっくりと口に運んだ。この、カレーライスとの遭遇の一幕が終わったところで、不意に、埋もれていたミスミの声の続きが、すうっと再生された。

「塔の帰り道に寄った食堂でね、お母さん、カレーライス食べながら泣いていたなあ。わたしが先に食べ終わると、早く食べたことを褒めてさ。わたし常に食べるの遅かったからさ。お母さん、普段は食べるのがすごく早いんだけど、あのときはさ、泣きながら食べてたから、遅かったんだ。『私の娘だね』泣きながら、褒めてくれたなあ。わたしが見守る前で、ずるずると泣きながら食べてた。『おいしいねこのカレー』」

ゆるやかに記憶が這い出してきた。

会計を済ませようと立ち上がったが、店の主人が消えている。仕方なく座って水を飲んでいた。結構な時間待って、外から主人が戻ってきた。私が財布を出していると、

「お客さん電車かい。当分やめておきな。そこの踏切で事故だ。電車、止まってるよ」

救急車の音が店内まで届いていた。

「さっき駅を出た電車に、そこの踏切で飛び込みだよ。あんた乗ってなくてよかったなあ。あれじゃあ当分、車内に閉じ込められて出られないよ。まあ、すぐには動かないから、ゆっくり休んでいきな」

こんな日に、飛び込みか。飛び込もうとして無事に帰ってきた人の記憶をたどった帰り道に、飛び込んでしまった人に足止めを食うなんて。土地の因縁に足をつかまれているような重さを感じた。もっとも、私は急いでいるわけでもないし、いま出ても策がない。やるせなく、私はふたたび腰を下ろした。死に急ぐことも、生き急ぐこともないのだ。

確かに主人の言う通り、私が予定していた列車に乗っていたら、面倒なことになっていただろう。私は先頭車両に乗るくせがあって、ひどく嫌なものを目にしていたに違いない。自身の血を見て気が遠のくほど、ひどく臆病にできあがっている私にとって、幸運だった。想像するだけで、内臓が上に引き上げられる気がする。

私が見たくないものを見ずにすんだのは、単なる偶然である。しかもその偶然を引き当てたのは、腹が減って仕方がないという単純な欲情である。私は食欲で助かった。苦笑するような気分で、どっしりと背を席に預けて坐った。

神棚のようなところに小さなテレビが置いてあって、番組が大物俳優の死を扱っている。萩原健一、という私でも知っている俳優が半年前に死んでいた。画面では、いくつかの代表作が紹介されている。

——そういえば、この俳優が出ていた「誘拐報道」という映画なら、見たことがある。地味なタイトルですっかり忘れていたが、確かに、見た。若いころだ。映画館で見たわけではない。だとすると、私はどこで見たのだろう。テレビ放映だろうか。いや、違うな。

そうか、バイト先の、日本映画が好きだった沼崎さんだ。彼が、この作品もビデオを貸してくれたんだ。完全に忘れていた。

「見てくれた？　ほら、主人公の犯人が、誘拐した子供を殺そうとする場面があったでしょ？」

そう訊かれても、私には覚えがなかった。アクション映画を期待していた私は、ノンフィクションに近いこの作品にあまり感銘を受けなかったのだ。私は適当に話を合わせた。

「あそこが、良いんだけどね。わかるかなあ」沼崎さんは物足らなそうな顔をした。

「主人公は、世話が面倒だから、誘拐してきた子供を早々に殺そうとするんだ。袋にくるみこんで、小雪の降る中を車からかつぎあげて、海を望む崖に出るんだけどさ、そこで不意に子供が『おしっこ』って言うんだ。袋の奥から幽かな声でね。普通なら、もう殺すんだから、無視して投げ落としてしまえばいいのにさ、犯人はわざわざ紐を解いて子供を出し、立小便させてやるんだ。それで結局——引き返して、そのまま子供を車まで連れて戻るんだ。良いシーンだよ」

沼崎さんに言われてそのシーンを再度ビデオで見直した記憶もある。それでもなお、若い私にはそれがドラマティックな場面に思えなかった。

「僕は人間の単純な欲ってのが嫌いなんだけどさ」沼崎ルールだ。本能に近い欲求からは距離をとる。「でも単純な欲ってのが、直接的で強力な心を割く武力になることを学んだよ。なんていうかな、短刀だよ。小さくても刃物なんだ。唐突にぐさりとやれば、巨体だって一撃で死に至らしめるような、そんな威力をもつんだ。まさか、排尿なんていう単純な生理欲求がさ、殺意すらしぼませることがあるなんてね。だからこそ、僕は単純欲求とうまい距離でつきあいたいと思っている」

殺意がそんなことでしぼむわけがない。私ならそのまま子供を崖下に投げ捨てたに違いない。——当時の私はそう思ったに過ぎなかった。

歳をとった今なら、果たしてどうだろう。食欲がきっかけで、あの電車に乗らなかった今なら、どうだろう。

いや、待ってくれ。食欲に助けられたのは、これが初めてではない。いや、私は初めてだが、私にとっては初めてではない。ちくしょう、全部、つながっていやがる。衝突。私はまたも埋もれていたミスミの声を掘り起こしていた。

「レールの音を聞きなさい、目をつぶって聞くのよ、って言われたんだけどさ。結構長いこと、言われた通り聞いてたんだよ。でも、わたし、ちょうどお腹がすいちゃったんだ」そうだ、確かにミスミはそう話してくれた。「すんごい、お腹がすいたんだ。我慢できなくなってさ、わたし。お母さんお腹すいたって言って顔をあげちゃって、となりで伏せていたお母さんに泣きついたんだ。だめ、もう少しだから目を閉じて聞いていなさい、いい子だから、って言われたけどさ、わたし、無理だったんだ。だめだよお母さんわたしすんごいお腹すいっちゃったんだから、だめだよ何か食べたいよってわがままにしがみついたんだ」

私の中のミスミの声はよどみなく続いた。

「わたし、起き上がっちゃってさ、塔を指さしてさ、ねえ、あのタワーの屋上に食堂ないの？　あるんじゃないの。行きたいなあ、わたし、お腹すいちゃった、って言ったんだ。展望台だとか、デパートの屋上だとかさ、たいていそういうところには食べるところがあるじゃない。昔そんなところに連れて行ってもらった記憶があったんだろうね。わたし小さかったから馬鹿でさ、その塔も同じようなもんでさ、食堂があるかと思ったんだよね。ほら、クリームソーダとかがサンプルに並んでいるような、そんな安っぽい食堂があるようなイメージ。写真みると、そんな塔じゃぜんぜんないんだけどさ、小さいからわかんなかったよ。ただとにかくわたし、そこでご飯食べたいって思ったんだよね。その日のお母さんいつになくやさしかったからさ、笑って食べさせてくれると思ったんだよね。でも笑ってはくれなかった。すっと立ち上がってさ、雑にスカート払ってさ、覚悟を決めたような顔をして。苦いものを嚙んだような、すごい怖い顔をしてたな。そこでお母さん、おもむろにわたしが指さした塔の写真を撮ったんだ。覚えている。そのあと手を握られて引っ張られて駅前に戻って、カレーライス泣きながら食べてさ」

さて、あんたこそ、果たしてそんなことで殺意がしぼむものかね――私はミスミの母親と酒を酌み交わしてみたいような気分になっていた。好きにはなれない女だ。実際、ひどい、ひどすぎる女だ。だが嫌いにはなれない女な気がする。ミスミの母親と二人で酒を飲んだら、それこそ単純な私はこの女をひどく好きになるかもしれない。愚かだ。でもまだ、私はこの女がわかってはいない。

私は食堂を出る決心をした。「とうぶん動かないよ」「どうにかなりますよ」「国道に出れば八王子駅までのバスがあるようだよ」「ありがとうございます」私は金を払った。「創業何年になりますか」「もう半世紀になりますよ」合っている。

外に出ると、完全に秋の風である。

「ああそうか　そういうことか　秋の空」

そう呟いてみた。私自身はまだ「ああそうか」とはなっていない。ただあと一点、「our age」だけが謎である。

私は次の日に朝から講義があることもあり、そこから大学に戻った。今日は大学に泊まるつもりだった。

20

誰もいない真っ暗なフロアを抜けて、自分の教員室に入った。取ってきた郵便物を机の上に乱暴にぶちまけ、卓上の電気をつけ、冷蔵庫からビールを出した。勢いよくグラスに注ぎ、事務机に座って泡が引くのを待った。襟元をゆるめ、靴下を脱いだ。棚から古いピスタチオを出してきて、ちまちま殻を破りながらビールを飲んだ。すべてのことが済んでしまったような、それでいてなにひとつ終わってないような、ちょっとした葬式の後のような気分だった。塔とめぐり会って、大きな仕事を終えたような、なにか大きな気持ちになってはいた。ただ、まだ物足りない。

私は気分転換に、郵便物を片付けた。たいていはどうでもいいもので、すぐに屑籠に捨てた。ひとつ大きな封筒が残った。珍しく手書きで宛先が書いてある。開けると薄い冊子が滑り出た。「歌句楽坂」と表面にある。神楽坂にかけたものだろう。坂上の大家の婆さんが親切にも送ってくれたものらしい。手紙でも入っているかと思ったが、冊子だけだった。

　いまさら句集など、どうでもよかった。私はその句は知っているのだ。「ああそうか　そういうことか　秋の空」いま、あらためて読むまでもないだろう。

　それでも私は開いてみた。四軒屋明美は同人として未熟だからか、みなに嫌われていたからか、一頁だけしか与えられていなかった。

　私はいくつか句ばかりが並んでいるものが、句集なのだと思っていた。だが、違った。四軒屋明美の頁は「ああそうか　そういうことか　秋の空」が頭にあって、句はそれだけである。句の後ろに、散文がついていて、残りを埋める構成で同人全員が通してある。

「――幼い娘の手を無理やり引いて」

　そんな文句が句のすぐ後ろに付けられている。さらにその後ろには、自作解題とでもいうのか、こんな文章が連なっていた。やたら傍点の多い、しつこいような回りくどいような、やけに煮詰めて書いた文章ではある。

「あの日のことだけは、残しておきたかった。私が私の声に気づき、転換した日のことだ。私は、主人公を降りたのだ。

私の人生には、必ず何かが問いかけられている。その問いに応えるべきだと、ずっと思っていた。世界が私に期待しているのだ。私に願望があるのではなく、そのことの方が、私に依頼があるのだと。私は、すべきではなく、しなくてはならないのだと思っていた。

だが――、いくら耳をすませても、じっとひたすらに待っていても、聞こえてくるはずの私の人生への問いかけが、聞こえなかった。私には、なんの使命も与えられなかった。世界を救う大役も、世界を創り上げる役割も、まわってこなかった。もうどんなに待っても依頼が聞こえないことがわかったとき、――私は死さえ考えたことがある。

覚悟すら、決めた。それでも最後の最後まで、私はあらゆる声に耳を澄ませた。だが、そのとき私が唯一聞いたのは――

『お母さん、お腹がすいた』

そんな娘の声だけだった。

でも、そこで、私は理解した。けっして沈黙ではなかった。この声はずっと前から聞こえていた。私は、ただ無視していた。でもこれが、私の使命なんだ。今更わかったのだ。つなげていくこと。それが、私の立派な使命だ。つまり、そういうこと、なんだ。

秋、だった。」

「ああそうか　そういうことか」今になって、この文句が私の頭をしたたかに打った。これでもかと打ちのめした。転換の伝達。ミスミの母親というひとりの大人の女の残像が、暗い廊下の奥の奥から部屋を横切って私のすぐ隣に来て、息が届くほどの近さに不意に座ったような気持ちになった。まぢかに彼女の香りをかげそうな気がした。そしてその幻の肩を抱きたいような感覚である。ああ、そうか。そういうことか。いや、だとすると、待てよ。――

なにかの予感にかられるように、私はあわてて、鞄にしまい込んでいた塔の写真を取り出してみた。愚かなことに、すっかり砂で汚れていた。せっかくの写真が、残念でならない。砂がまだ残っていて、手で触るとざらざらして、汚れが新たに広がった気がした。

その砂に汚された写真が、私に大きな声をあげさせた。写真の訴えを、私は見逃さず、受け止めた。

余白の白い部分を、砂の汚れがなでていた。筆圧のさらなるへこみが浮かび上がるような格好になった。私は立ち上がった。部屋の電気を消し、机の電灯だけをつけて、手元に乱暴にたぐりよせた。写真を斜めにしたり、逆さにしたり、私は試行錯誤した。砂は新たなアルファベット文字を浮かび上がらせ、私に呼びかけていた。短絡的なのは、おまえのほうじゃないか。

すべてのアルファベットは等間隔で、並んでいる。「our age」と勝手に読んでいるが、our と age の間に特別にスペースが空いているわけではなかった。ただそこでそう区切るしかないと勝手に思っていただけだ。それが間違いじゃないか。

私はルーペすら取り出してきた。砂の汚れがまだまだ私を助けた。「our」の前に同じように三文字のアルファベットが等間隔に並べられているように見えた。鉛筆で書かれたそれは消え果てていて、今までは単なる汚れとして認識されていた。語句じゃないんだ。全体でひとつの単語だ。

距離をおいて、eの文字があって、それは砂の誘導でハッキリした。eの文字が先頭なのも明らかだった。次はぐにゃりと曲がった線ではっきりはしないが、小文字でnが書いてあると推測してもいいように思えた。続いて小さな円のような印があるが、右側が少しハネている気がするので、oではなく、cと読み取ろうじゃないか。

encourage!

エンカレッジ！

伝達は、これだ。伝えたいのは、これじゃないか。これはあくまで母親を勇気づける（encourage）写真であったのだ！　後悔でも、罪でも反省でもなく、生きる意志そのものじゃないか。こいつは。

ミスミの母親と、その媒介・触媒としてのミスミと、そして今までここに無残にも生き残っている私との人生が、一直線になって、遠くからずばりと光るもので貫かれたような気になった。そのきらめくひと突きは、映写機から出た光のように、ただまっすぐに暗い不明な運命の雲の中を、手ごたえすらなく刺し抜いたような、これ以上ない心地よい貫通だった。今やすべてのことがきれいに並んだ。母親とその娘の、ひどく長い二本立ての映画を見終わったような気分になった。

伝達じゃないか。そう、人類がどの世代においても全員が絶対的に背負うべき使命は、「伝達」である。それは、確かに技術やノウハウや、痛みや教訓がほぼすべてを占めるのかもしれない。でも伝達すべきもの、そのわきに、申し訳程度でいい、勇気づけ、エンカレッジを置くべきじゃないか。encourage!

誰かを勇気づけていくこと、それが、使命だ。ミスミのお母さん、あなたのエンカレッジは私に伝わった。「私は馬鹿なことをせず、あの場から帰ってきた。そしてそれが生きる勇気だ」救われたのが空腹からなんて、それもまたミスミらしいじゃないか。

ああミスミ、君が生きていたこと自体が、私を十分にエンカレッジした。いまもしている。大丈夫、伝わっているぞ。君たちが生きていたということが、いま確かに私に届いている。

私はなにか重大な使命をおびたように、立ち上がったまま座れなかった。私のからっぽに近い人生がいま、何かに衝突していた。心地よい衝突だった。この衝撃を、私は私なりに伝達していきたいと思った。私には何ができるだろう。俺はどうだ。俺は、どうなんだ。おい、こたえろよ。俺の使命は、どうなんだ、おい。次の世代に何が叫べるんだ、俺は。

私は卓上の小さな電灯の向きを変えて壁だけを照らし、暗い中、続きのビールを飲んだ。

引用・参考文献

ヘミングウェイ『日はまた昇る』大久保康雄訳　新潮文庫

初出

「群像」２０２０年２月号

岡本 学（おかもと・まなぶ）
1972 年、東京都生まれ。早稲田大学大学院国際情報通信研究科博士課程修了。博士（国際情報通信学）。会社勤務を経て、現在、神奈川工科大学情報学部教授。2012 年、「架空列車」で第 55 回群像新人文学賞を受賞し、デビュー。著書に『架空列車』『再起動』（ともに講談社）がある。

アウア・エイジ（our age）
二〇二〇年七月二九日　第一刷発行

著者――岡本《おかもと》 学《まなぶ》

発行者――渡瀬昌彦
発行所――株式会社講談社
東京都文京区音羽二―一二―二一
郵便番号　一一二―八〇〇一
電話　出版　〇三―五三九五―三五〇四
　　　販売　〇三―五三九五―五八一七
　　　業務　〇三―五三九五―三六一五

印刷所――凸版印刷株式会社
製本所――株式会社若林製本工場

ISBN978-4-06-520839-7